Marta Kijowska

Die Tinte ist ein Zündstoff

Stanisław Jerzy Lec –
der Meister des unfrisierten Denkens

Mit einem Vorwort
von Karl Dedecius

Carl Hanser Verlag

Gefördert aus den Mitteln der Stiftung
für deutsch-polnische Zusammenarbeit
und des Polnischen Buchinstituts

FUNDACJA WSPÓŁPRACY
POLSKO-NIEMIECKIEJ
STIFTUNG
FÜR DEUTSCH-POLNISCHE
ZUSAMMENARBEIT

INSTYTUT KSIĄŻKI
©POLAND

1 2 3 4 5 13 12 11 10 09

ISBN 978-3-446-23275-4

Satz: Greiner & Reichel, Köln
Druck und Bindung: CPI – Ebner & Spiegel, Ulm
Printed in Germany

Lec' Heimat – der Kopf. Das Lächeln, mit dem er daraus lange, schmale Streifen zog: königliche Antworten auf das Leben. Wir sollten uns einen Lec-Kalender anschaffen. Mit einer anderen Sentenz für jeden Tag. Wir hätten dann jeden Tag einen anderen Kopf von Lec vor Augen …

Adolf Rudnicki

Vorwort

»Wenn es nichts zu lachen gibt, kommen Satiriker auf die Welt«, lautet einer von Lec' Denksprüchen. Er bezog sich auf das 20. Jahrhundert, in das auch er hineingeboren wurde. Der polnische Aphorismus trug damals in der Tat einen Trauerflor an der spitzen Lanze seines Humors. Er war weniger spielerisch als anderswo, weniger »brillant«, mehr seinsbezogen. Seinen Hintergrund bildeten Galgen und Kreuze, Käfige und Ketten. Er war bitterernst und schweren Mutes, auch wo er Leichtigkeit vorschützte.

Lec ragte aus dem Dutzend seiner Zeitgenossen durch den Reichtum und das Gewicht des Themas heraus. So präzise und einleuchtend wie er die geheuchelten Himmel und die geschminkten Höllen entlarvte, vermochten es andere kaum. In seiner Kürze lag nicht nur Würze, sondern auch Wahrheit und Wirksamkeit des Worts in seiner ursprünglichen biblischen Bedeutung.

Weshalb ich sonst seine *Unfrisierten Gedanken* wählte, übersetzte und weitersagte? Weil es kein literarischer Flitter, kein kaltes Feuer war. Sie funkten nicht bloß. Sie lebten und leuchteten. Es waren Kardiogramme, Fingerabdrücke und Lichtblicke. Unterdrückte Schreie und lautgewordenes Schweigen. Restwahrheit unserer Kultur. Konzentrate und Kristallisationen menschlicher Hoffnung und menschlicher Resignation. Dichtung.

Was Lec' Aphorismen vor allem bewirkten, war die äußerste Mobilmachung des Denkens. »Nicht sein, sondern denken, denken, denken«: Es lebt etwas von Aristoteles in dieser Haltung nach, der die freie Nachdenklichkeit mit vollzogenem Entschluss gleichsetzte, etwas von Sokrates, dem Denken allein schon Dasein war, von Thomas von Aquin, der gepredigt hatte, der Mensch sei durch das, was er denkt, das, was er ist, vom kartesischen »Cogito ergo sum«.

Da Lec aber kein beruflicher Philosoph, kein Systematiker war, sondern ursprünglich und vor allem moralischer Wortkünstler, war sein Denken wesentlich im künstlerischen Formtrieb integriert. Das Denken als »innere Sprache, die einzig mögliche freie und wahre Sprache« (Platon) machte er durch Einsatz agitatorischer Fermente zum gesellschaftlichen Ereignis.

Unentwegt stolperte er dabei über sich selbst. Dem ewigen Juden war der zeitgenössische Pole im Weg, dem Aristokraten der Sozialist, dem Kosmopoliten der Patriot, dem Lyriker der Satiriker. Aber es war eine Kraft in ihm, die ihn nicht aufgeben ließ, eine Vorahnung, auf die er vertraute.

Die Merkmale seiner Handschrift und seines Charakters waren unverkennbar: Kürze und Klarheit, Humor und Humanitas. Für alle Formen, die er schrieb – Aphorismen, Gedichte, Epigramme, Kurzprosa –, galt, was er einer ihn befragenden Dame einmal geantwortet hatte: »Schreiben Sie auch größere Sachen?«, wollte sie wissen. »Nein, nur große«, war seine Antwort.

Lec' »große Sachen« waren das Große im Kleinen: der »kleine« Mensch, sein »kleines« Problem, die »kleine« Form. Mit einfachen Diagnosen und Gedanken-Therapien wurde den komplizierten pathologischen Zuständen unserer Zeit und Welt heilsame Nachdenklichkeit verschrieben.

Karl Dedecius

Einleitung

Stanisław Jerzy Lec – Autor der legendären *Unfrisierten Gedanken*. Ein Mann, der in der Rubrik »Beruf« seinen Namen schrieb. Die einen sahen in ihm ausschließlich einen Aphoristiker, die anderen schwankten zwischen den Bezeichnungen »Lyriker« und »Satiriker«. Er selbst versuchte immer wieder einen Definitionsspagat – mal indem er seine Aphorismen als »lyrische Splitter« bezeichnete, mal indem er die Formulierung eines Freundes zitierte und sich einen »boshaften Lyriker und sanften Spötter« nannte.

Er klagte gelegentlich darüber, dass man in ihm nur den Meister der literarischen Kurzformen sehe und sein lyrisches Werk zuwenig beachte. Er war aber auch stolz darauf, dass er durch seine *Gedanken* weltbekannt geworden war und die Kunst des Aphorismus – die für ihn vor allem darin bestand, den Leser zum paradoxen Denken zu zwingen – zur Perfektion gebracht hatte.

In seinem eigenen Leben gab es, wie schon mehrmals und weit ausführlicher aufgezählt wurde, genug Paradoxa:

Er war polnischer Literat, dem deutsche Vorbilder nachgesagt wurden.

Er war polnischer Aristokrat, der sich gern über seine österreichischen Vorfahren definierte.

Er war polnischer Bürger, dessen Leben sich zwischen verschiedenen Sprachen und Kulturen abspielte.

Er war polnischer Jude, was aufgrund der gemeinsamen Geschichte beider Völker eine an sich problematische Konstellation war.

Problematisch, aber fruchtbar: Zu Recht bezeichnete ihn der Dichterkollege Czesław Miłosz als Prototyp des mit besonderem, oft bissigem Humor begabten osteuropäisch-jüdischen Intellektuellen. Und auch die Äußerung des Philosophen Leszek Kołakowski, Lec hätte in sich den Mut eines königlichen Hofnarren und die Melancholie eines Rabbiners verbunden, trifft ohne Zweifel zu.

Dass sein Lieblingsgesprächsthema er selbst war, wusste jeder, der ihm auch nur einmal begegnete. Mit den Fakten aus seiner Biographie ging er dabei allerdings sehr selektiv um: Über seine glückliche Kindheit in Lemberg und Wien erzählte er gern, manches andere Kapitel hingegen, seine dramatischen Kriegserlebnisse etwa – zweifaches Todesurteil, Flucht aus einem KZ und Partisanenzeit – oder seine spätere Emigration nach Israel und Rückkehr ins stalinistische Polen, klammerte er am liebsten aus. Manches verschwieg er ganz, weshalb das biographische Material über ihn bis heute nicht sehr umfangreich ist.

Als er mit seinen Aphorismen internationalen Ruhm erlangte, war Europa durch den Eisernen Vorhang getrennt, und das westliche Publikum hatte ohnehin kaum die Möglichkeit, viel über ihn, sein Leben, seinen Alltag und den noch nicht übersetzten Teil seines Werks zu erfahren. Nun, anlässlich seines 100. Geburtstags, wird es Zeit, dies – soweit es möglich ist – nachzuholen.

Lemberg

»Fasse dich kurz. Die Welt ist mit Worten übervölkert«, lautet einer von Lec' meistzitierten Aphorismen. Was er von anderen verlangte, galt auch für ihn selbst. So schrieb oder besser kritzelte er mit zitternder Hand im Frühjahr 1966, wenige Wochen vor seinem Tode, seine *Letzte Autobiographie.* Sie war wie die meisten seiner literarischen und satirischen Werke: kurz, prägnant und voller Fragen.

War ich denn wirklich am 6. März 1909, wie es aus meinem Lemberger Geburtsschein hervorgeht, geboren? Oder vielmehr erst im Jahre 1933, als ich nach der Wiener und der Lemberger Schule und der Universität die Stätte der Rechtswissenschaft verließ, um meine erste Bekanntschaft mit dem Unrecht zu machen? Oder vielleicht wurde ich erst existent, als im selben Jahr mein Lyrikbändchen *Farben* aus der Druckmaschine herausfiel? Oder vielleicht erst im Jahre 1935 mit dem Erscheinen der Satirensammlung *Zoo*? Nun, später kam ich mehrmals auf die Welt, lyrisch und satirisch – mit jedem Buch, mit jedem Gedicht, ja mit dem kleinsten Epigramm. Womöglich wurde ich aber erst im Krieg geboren? Im Konzentrationslager? Oder erst nach der Flucht vor der Hinrichtung im Jahre 1943? Oder als ich die Wälder der Partisanen im Jahre 1944 verließ? Wie viele Gelegenheiten auch danach, geboren zu werden!

Laut Geburtsschein wurde Stanisław Jerzy Lec also am 6. März 1909 in Lemberg geboren. Sein Vater, Baron Benno de Tusch-Letz, war – entgegen der Familientradition, nach der die männ-

Lec' Geburtshaus in Lemberg

lichen Nachkommen den Arztberuf wählten – Bankier und Großgrundbesitzer. Er besaß Güter in Podolien und in der Bukowina und auch zwei Wohnsitze: in Lemberg und in Wien, wo seine Vorfahren in den Adelsstand erhoben worden waren.

Lec' Mutter Adele soll eine elegante und selbstbewusste, doch in praktischen Dingen sehr unbeholfene und leichtsinnige Dame gewesen sei. Man erzählte sich gern, wie sie aus Szerszeniowce, dem Gut der Familie, das seine Glanzzeiten längst hinter sich hatte, in Tłuste, dem nächsten größeren Ort in der Gegend, in ihrer Kutsche vorfuhr und der lokalen Bevölkerung mit dem Gehabe einer Gutsbesitzerin zu imponieren versuchte. In Wirklichkeit aber war sie in jeder Hinsicht nach Wien orientiert, wo auch ihre Familie ihre Wurzeln hatte. Ihr Vater, Jan de Safrin, war Grundbesitzer und kaiserlicher Rat honoris causa, dessen Mutter war eine geborene Weißglas, und mit beiden Namen assoziierte man in Wien Wohlstand und Tradition.

Adele de Tusch-Letz, geborene de Safrin

Karl Dedecius: *Die Familie sollte von den Sephardim abstammen, die in ihrer heiligen Stadt nördlich des Sees Genezareth eine berühmte Rabbinerschule besaßen und über die Diaspora in Spanien als Vertriebene nach Holland, dann an den Rhein und weiter in den slawischen Osten gekommen waren, in dessen*

Städten sie nicht selten zu der geistigen Oberschicht des Judentums gehörten.

Es war Adele de Tusch-Letz, die ihren kleinen Sohn nach Wien brachte und dort die Grundschule besuchen ließ. So wuchs er von früh an in einer von der k. u. k.-Monarchie geprägten Umgebung auf, ja laut Selbstauskunft sorgte er noch vor seiner Geburt für das richtige Ambiente.

Bevor ich geboren wurde, war ich vorsichtig genug mich zu erkundigen: Wer ist jetzt am Ruder? Franz Joseph I, lautete die Antwort. Da erst wagte ich es, auf die Welt zu kommen, leichtsinnigerweise ohne nach dem Alter dieses Monarchen gefragt zu haben. Er zählte damals neunundsiebzig Jahre. Was später geschah, wissen Sie selbst.

Als Lec selbst sechs Jahre alt war, geschah Tragisches: Er musste miterleben, wie sein Vater plötzlich an Herversagen starb. Drei Jahre später ging der Erste Weltkrieg zu Ende, und die Familie gab den Wiener Wohnsitz auf. Der Baron hatte kurz vor seinem Tod Bankrott gemacht, und der Zerfall der österreichisch-ungarischen Monarchie beschleunigte noch ihren materiellen Abstieg. An ein Leben im alten Stil war nicht mehr zu denken. Die Witwe besaß zwar noch Ländereien an der rumänischen Grenze, doch war sie immer wieder gezwungen, Teile davon zu verkaufen, so dass einige Jahre später kaum etwas übrigblieb.

Zurück in Lemberg, besuchte Lec zuerst die Evangelische Oberschule, danach das renommierte deutschsprachige Karmeling-Gymnasium. Im Jahre 1927 schrieb er sich an der Lemberger Universität für ein Polonistik-Studium ein – sein Name war inzwischen urkundlich polonisiert –, doch schon nach zwei Semestern wechselte er zur juristischen Fakultät. Möglicherweise beugte er sich damit dem Willen der Mutter, die sich für ihn eine Anwaltskarriere wünschte. Sie hatte einen großen Einfluss auf ihn, und auch er hing sehr an ihr und sprach von ihr stets mit Bewunderung. In den Universitätsjahren wohnte er nicht in einem Studentenheim, sondern zusammen mit ihr in der elterlichen Wohnung in der Słowacki-Straße 6, die – riesengroß und mit kostbaren Möbeln und Teppichen eingerichtet – ein Abbild des einstigen Wohlstands der Familie war. Sie blieb dort bis ins hohe Alter.

Der künftige Dichter im Alter von drei Jahren
mit seinem Vater, Baron Benno de Tusch-Letz

Seinen Vater hingegen erwähnte Lec so gut wie nie. Dennoch findet man in den Publikationen über ihn immer wieder ein

Kindheitsfoto aus dem Jahre 1912, auf dem die beiden in einer vollkommenen Harmonie zu sehen sind: Baron de Tusch-Letz in Mantel und Zylinder, ihm gegenüber der dreijährige Stanisław in Mäntelchen mit Pelzkragen und kleiner Pelzmütze, ernst und vertrauensvoll zu dem Vater hochblickend. Ihre Eleganz und ihre Posen wirken ein wenig künstlich, ähnlich wie die Winterlandschaft, vor deren Attrappe sie in einem Lemberger Atelier stehen, doch sie scheinen es nicht zu bemerken. Die ganze Welt um sie herum hatte etwas leicht Künstliches, Einstudiertes, Kostümiertes an sich – sie waren nur ihr integraler Bestandteil.

Mit dem Ausbruch des Ersten Weltkriegs begann der Untergang dieser Welt, und 1933, als Lec sein fünfjähriges Studium absolvierte, sah sie schon ganz anders aus. Er hatte zwar offenbar nicht ernsthaft die Absicht, der neuen Epoche als Anwalt die Stirn zu bieten, doch immerhin verließ er die Universität als ein »Magister juris«. Wie er nach dieser akademischen Laufbahn zum Schreiben kam, erklärte er später scherzhaft in einem seiner Aphorismen:

> Ich wollte der Welt nur ein einziges Wort sagen. Da ich es nicht finden konnte, wurde ich Schriftsteller.

In Wirklichkeit war der Prozess seiner »Literarisierung« natürlich viel komplizierter und fing auch viel früher an – schon in den Studienjahren und nicht zuletzt infolge von Bekanntschaften, die er damals schloss. Etwa mit Jan Śpiewak und Leon Pasternak, die er zu Beginn des Studiums kennenlernte und mit denen ihn seitdem eine tiefe Freundschaft verband. Die drei jungen Männer waren fast unzertrennlich, und der Umstand, dass sie vom Charakter sehr verschieden waren, schien sie noch enger zusammenzuschweißen.

Einen großen Einfluss übte gewiss auch die Universität aus, die

Ein Abiturfoto aus dem Jahre 1927

dank solcher Kapazitäten wie des Philosophen Roman Ingarden, des Kunsttheoretikers Leon Chwistek oder des Literaturhistorikers Juliusz Kleiner einen ausgezeichneten Ruf genoss. Und die Studenten der polonistischen Fakultät, zu denen Lec immerhin fast ein Jahr lang gehörte, konnten zusätzlich von der Nähe der verdienstvollen, 1817 gegründeten Ossolinski-Nationalanstalt profitieren. Bibliothek, Forschungsstätte und Verlag in einem, zählte sie zu den bedeutendsten Literatureinrichtungen des Landes.

All das hatte in Lec' Fall bald literarische Folgen: Im Jahre 1929 erschien in der Beilage der beliebten Krakauer Zeitung *Ilustrowany Kurier Codzienny* (Illustrierter Tageskurier) ein Gedicht von ihm, das zwar den nicht sehr originellen Titel *Frühling* trug, vom Inhalt her aber eine bitter-ironische Abrechnung mit dem Zustand der Welt war. Es verriet bereits, wie viele später anerkennend meinten, jenen Hang zur skeptischen Distanz, die den

Dichter Lec sein Leben lang auszeichnen sollte. Er selbst war allerdings auf sein Debüt genausowenig stolz wie seine beiden Freunde, Jan Śpiewak und Leon Pasternak, auf ihre gleichzeitig erschienenen Erstlingswerke.

Jan Śpiewak: *Um die Wahrheit zu sagen, waren die Gedichte, mit denen wir debütierten, ziemlich miserabel. Ich glaube, die meisten jungen Lemberger Dichter gaben ihr Debüt in dieser Zeitung. Es war ein Massenblatt und stellte keine hohen Ansprüche. Dieses Debüt machte uns aber Mut. Immerhin hatte uns jemand schon veröffentlicht.*

Auf Lec schien diese Veröffentlichung eine besonders ermunternde Wirkung zu haben, denn schon bald waren seine Gedichte in mehreren Lemberger Blättern zu finden: in den Zeitschriften *Winnica* (Weinberg), *Wiek Nowy* (Neues Alter), *Lewy Tor* (Linkes Gleis), *Nowa Kronika* (Neue Chronik), eine Zeitlang auch in *Przegląd Filmowy i Teatralny* (Film- und Theater-Rundschau), wo er und Śpiewak Gedichte und gelegentlich auch Filmkritiken publizierten.

In dieser ersten dichterischen Phase fand Lec einen besonderen Spaß daran, durch Äußerlichkeiten seine Herkunft zu manifestieren. Er trug einen dicken Spazierstock, paffte eine Pfeife (an der er sich immer wieder verschluckte), und in seinem Auge klemmte ein Monokel, wodurch er angeblich seinem Onkel, einem k. u. k.-Rittmeister, ähnelte. Andere erinnerte er wiederum an Bruno Jasieński, den führenden polnischen Futuristen. Das war vermutlich eher seine Absicht, zumal die äußere Konnotation mit der literarischen einherging: Seine frühesten Gedichte ließen zwar verschiedene Einflüsse, vom russischen Imaginismus bis zum deutschen Expressionismus, erkennen, am meisten jedoch fiel die Nähe zu den Futuristen ins Auge.

Allerdings war diese Zeit, in der er den Dandy spielte und

futuristische Gedichte verfasste, schnell vorbei. Die Armut der Bauern und Tagelöhner, mit der er in der Provinz, nicht zuletzt in den Ländereien seiner Eltern, in Berührung kam, und die sich zuspitzenden Konflikte in der Vielvölkerstadt Lemberg hatten ihn zu einem Sozialisten gemacht.

Ich bin nicht der Meinung, dass jemand, der eine Seele besitzt, eo ipso schon zur besitzenden Klasse gehört.

Er begann in den linken Kreisen zu verkehren, was zwangsweise eine Politisierung seiner Lyrik nach sich zog. Zusammen mit einigen Gleichgesinnten trug er seine Gedichte während der Leseabende im Technologischen Institut vor, und da sie ohnehin einen deklamatorischen Charakter hatten, machten sie bei diesen kollektiven Autorenabenden großen Eindruck.

Der Saal war immer überfüllt, und im Publikum saßen Größen wie der bereits erwähnte Juliusz Kleiner – einer der beliebtesten Lemberger Professoren und meistgeschätzten polnischen Literaturhistoriker der Zwischenkriegszeit. Allein wegen seiner Anwesenheit lohnte es sich, den Spott der Kommilitonen zu riskieren: Kleiner wurde von seinen Studenten geradezu vergöttert; in seinen Vorlesungen herrschte eine Atmosphäre der Begeisterung, die beim weiblichen Teil der Hörerschaft an Exaltation grenzte.

Trotz der Präsenz solcher Autoritäten ging es an den Abenden im Technologischen Institut sehr lebhaft zu. Die vorgetragenen Werke wurden mit stürmischem Applaus bedacht, und unter den Zuhörern wurden auch Personen gesichtet, die niemand kannte und von denen kaum anzunehmen war, dass sie den akademischen oder literarischen Kreisen angehörten: Agenten der Geheimpolizei, die desto unruhiger wurden, je öfter von der Bühne politisch brisante Sätze fielen und je enthusiastischer der Saal reagierte. Und an Gedichten mit provokanten Inhalten, mal gegen die bürgerliche Mentalität und Moral, mal gegen die politischen Missstände gerichtet, mangelte es bei diesen Abenden nicht.

Jan Śpiewak: *Wir waren junge Dichter, für die moralische und politische Fragen sehr wichtig waren, ja sie entschieden über unser Leben. Ob wir uns, als wir gegen unsere eigene Sphäre rebellierten, tatsächlich weit von ihr entfernten? Ich weiß es nicht. Gewollt oder ungewollt, waren wir Erben mehrerer Generationen der polnischen Intelligenz.*

So fühlten sich die jungen Rebellen trotz ihres Erfolgs manchmal recht einsam und unsicher. Lec sprach unter Freunden oft von dieser Einsamkeit, zumal ihm bewusst war, wie sehr er seine Familie mit seiner Haltung verletzte: Er genoss alle Annehmlichkeiten des bürgerlichen Lebens, und dennoch wandte er sich gegen das Bürgertum und geißelte es in vielerlei negativer Gestalt, als Ausbeuter, Hochstapler, Renegaten. Und da er dabei zur Überzeichnung neigte, fühlten sich viele durch seine frühen Gedichte an die Bilder der deutschen Expressionisten, insbesondere an die von George Grosz, erinnert.

Lec und Śpiewak waren nicht die einzigen, die ihre Lyrik immer stärker in den Dienst der Politik und der Gesellschaftskritik stellten – dies galt auch für andere junge Dichter, zumal das Publikum ihrer Lesungen genau nach dieser Thematik verlangte. In Lemberg formierte sich langsam eine literarische Linke, zu der auch ukrainische Dichter um die Zeitschrift *Wikna* (Fenster) und eine Gruppe jüdischer Lyriker gehörten. Schließlich entstand die Idee, eine eigene Zeitschrift zu gründen. Das Ergebnis war das Monatsblatt *Tryby* (Getriebe), dessen erste Nummer 1931 erschien: mit dem Vermerk »Nach der Konfiszierung – die zweite Auflage« und zwei Gedichten von Lec, deren letzte Strophen von der Zensur gestrichen worden waren. Trotzdem hatten er und seine Freunde noch den Mut, einige gemeinsame

Abende zu organisieren. Sie fanden in einem Studentenheim statt, das einer Organisation namens »Zjednoczenie« (Vereinigung) unterstand – womit die Überwindung der polnisch-jüdischen Konflikte gemeint war –, und wurden erneut von ihren Kommilitonen heftig beklatscht. Als allerdings auch die zweite Nummer der *Tryby* von der Polizei beschlagnahmt wurde, gab sich die Gruppe geschlagen und löste sich auf. Dennoch war es für die jungen Lyriker eine wichtige Episode gewesen, zumal sie ihre aktive Teilnahme an der kommunistischen Bewegung dokumentierte.

Zu diesem Zeitpunkt hatte Lec bereits den Kontakt zu der Zeitschrift *Cyrulik Warszawski* (Warschauer Barbier) geknüpft, dem führenden satirischen Blatt der Hauptstadt, in dem mehrere Koryphäen der polnischen Dichtung und Satire publizierten: Julian Tuwim, Antoni Słonimski und andere. Mit seinen dort erscheinenden Gedichten, die durch ein eigenes, zwischen Lyrismus, Humor und politischer Schärfe oszillierendes Klima und ungewöhnliche Wortspiele auffielen, hatte Lec einen erheblichen Erfolg. Allzu lange konnte er ihn aber nicht genießen, denn seine Mitarbeit fiel in die letzten Jahre des Blattes. Die kritischen Kommentare der Redaktion zum aktuellen politischen Geschehen führten immer wieder zu Konflikten mit der Regierung und bewirkten schließlich, dass die Zeitschrift 1933 eingestellt wurde.

Im selben Jahr gab Lec sein Buchdebüt: Sein Erstlingsband *Farben* war eine Sammlung von neunzehn Gedichten, die einerseits durch die sorgfältige Komposition, andererseits durch den Reichtum der Ausdrucksmittel überraschte. Über die Hälfte der Texte hatte – dem Titel entsprechend – eine Farbbezeichnung als Überschrift, was dem Band zumindest in formeller Hinsicht eine innere Harmonie gab.

Umschlag des Erstlingsbandes *Farben*

Schwarz

hände die die schwarzen feuchten räume grüßen
gedankenangst vor dingen welche morgen kommen
in unsren nervösen füßen
ist noch die tanzende unruh nicht verglommen

lästig wie fliegen umschwirrt uns das was wir vermuten
die fledermauskalte hand raubt uns die warmen vibratos
wir träufeln deshalb bedacht in die dünne bahn des
blutes
die tapfere sanftheit des pathos

vom schwarzen marmor der nacht fließen ständig ideen
wie sterne von dächern in strömen in den regennächten
brich aus in das wahngelächter der lampe – und du wirst
sehen
in den lichtbedrängten gesichtern den düsteren schatten
des wächters …

Gleichzeitig aber waren dem Band, dessen Grundidee auf die Tradition des Jungen Polen zurückging, sehr verschiedene, fast konträre Einflüsse anzumerken. Lec schien gleichermaßen von den italienischen Futuristen, den deutschen Expressionisten, den russischen Imaginisten beeindruckt zu sein wie von der formal strengen, fortschrittsbegeisterten Krakauer Avantgarde, den lebensbejahenden, auf das biologische Empfinden der Form und Farbe der Welt ausgerichteten »Skamandriten« und nicht zuletzt den Wilnaer »Katastrophisten«, deren Bilder von den Visionen des zivilisatorischen Niedergangs getrübt waren.

Bekanntmachung
er stand vor dem zaun sein blick
hing gierig wie eine klette
am blau-roten anschlag fest
es war in den morgenstunden
er blieb dort an einem buchstabenbuckel
hängen als hätte
er endlich ein stilles bequemes
ruhebänkchen gefunden

mein unverfrorener blick folgte
sogleich dem seinen
ich konnte zwar nichts begreifen
nur das dass die farben brennen
und dass sich das blau und das rot

sehr tragisch violett vereinen
der neben mir kaute worte ich sah es
um nicht zu flennen

ich fühlte nur die verzweiflung
im sinn jener worte wimmern
und wie ein seltsamer tanz
die ruhe der zeilen entstellte
und dass ich dann etwas sagte
mit sehr veränderter stimme
und dass sich zu uns die freundschaft
sofort als dritte gesellte

Alles in allem deutete die Sammlung – durch die Präzision der Wortwahl und der Komposition, die Schärfe der gesellschaftlichen Kritik und die Klarheit der politischen Ziele – auf einen für sein Alter doch erstaunlich reifen Dichter hin. Und gleichzeitig ließ sie ihn bereits als die Personalunion von Lyriker und Satiriker erkennen, als die er sich künftig am liebsten definierte. Seine *Farben* waren von der Stimmung her sehr vielschichtig: mal nostalgisch, mal reflexiv, mal ironisch, boshaft und witzig.

Jan Śpiewak: *Immer wieder lugte aus ihnen ein Dandy hervor – einer, der nach dem Verkünden eines radikalen Manifestes sich seinen glänzenden Zylinder in die Stirn schiebt, ein Monokel ins Auge klemmt und einen eleganten Stock in die Hand nimmt. Der Dandy sieht in den Spiegel, ist von seiner Schönheit und Jugend begeistert, geht weg, und im Spiegel bleibt ein anderer – einer, der schaut und nachdenkt …*

Lec' Hang zu Nachdenklichkeit und Kritizismus bedeuteten aber nicht, dass er zu elementarer Lebensfreude nicht fähig war. Dazu war er doch zu stark von der Atmosphäre seiner Geburtsstadt geprägt. Schon in der Zeit vor dem Ersten Weltkrieg, als Lemberg Hauptstadt von Galizien und Lodomerien war, galt es nämlich als Synonym eines kultivierten, sehr reizvollen Lebensstils. Dies hing nicht zuletzt mit der Freizügigkeit zusammen, die den Galiziern von Österreich eingeräumt wurde und von der die Bewohner der beiden anderen Teilungsgebiete – des von Russland besetzten »Königreichs Polen« und des von Preußen annektierten Landesteils – nur träumen konnten.

Lemberg war gewiss anders als Warschau, wo ständig neue Revolutionspläne geschmiedet wurden, aber auch anders als das ebenfalls in Galizien liegende Krakau, das sich als Hüter des nationalen Kulturerbes verstand. In Lemberg herrschten in erster Linie Geschäftssinn und Lebenslust. In den Jahrzehnten, in denen es die Hauptstadt Galiziens war, erlebte es eine enorme demographische und architektonische Entwicklung (für letztere diente Wien als eifrig kopiertes Vorbild), und diese ging mit einer Blütezeit der Kultur und Wissenschaft einher. Dafür sorgten zahlreiche Hochschulen, Theater, Museen, Bibliotheken, Verlage und Buchhandlungen sowie diverse Gesellschaften und Freundeskreise. Durch den Ersten Weltkrieg und auch durch die Wiedererlangung der staatlichen Souveränität (1918) nahm die Bedeutung der Stadt zwar deutlich ab – viele namhafte Lemberger zogen nach Warschau, andere gingen in die ehemals preußischen und russischen Teilungsgebiete, um bei deren Wiederaufbau zu helfen –, ein lebendiges Kulturzentrum, das sich eine gewisse Nonchalance habsburgischer Provenienz bewahrt hatte, war sie aber nach wie vor.

Die Lemberger hatten also ihren eigenen, unbeschwerten Stil, und wer, wie Lec, auch noch eine glückliche Kindheit in Wien hinter sich hatte, der konnte sich gar nicht anders als ein bekennender Lebensgenießer definieren.

 Ein alter Franz-Josephiner wie ich kommt ja schon heikel auf die Welt. Der liebt seinen Mozart, seinen Richard Strauss, seinen *Rosenkavalier*. Viel mehr noch aber liebt er das Leben. Das liebt er so sehr, dass er immer meint: Das Leben ist herrlich, aber bisher war das ja alles nur eine Art Vorspiel. Das Schönste ist mir noch aufgehoben. So freut er sich von einem Tag auf den anderen.

Einige Jahre später sollte die Erinnerung an die Zeit in Lemberg und Wien ihm einen wichtigen Rückhalt geben. Ihm und vielen anderen, die einen ähnlichen Background hatten und von denen manche mit der Zeit zu seinen Freunden und geistigen »Komplizen« wurden. Etwa sein Schriftstellerkollege Andrzej Kuśniewicz. Er und Kuśniewicz wuchsen unter ähnlichen Umständen und an denselben Orten auf, ohne sich zu kennen. Irgendwann, als sie die Daten verglichen, stellten sie sogar fest, dass sie auf einem bestimmten Platz in Wien nebeneinander gespielt haben mussten. Sie unterhielten sich oft über ihre Jugendjahre, genossen es sehr, gemeinsam die Eigenart der Landschaft und die Topographie der Städte heraufzubeschwören. Es war eine Art Chiffrensprache, die ihnen paradoxerweise gerade dann besonders wichtig wurde, als jeder von ihnen für sich allein blieb – in Zeiten des Krieges.

Andrzej Kuśniewicz: *Jene »chiffrierten« Bilder halfen uns in diesen schwierigen Jahren. Lec, als er im Konzentrationslager Tarnopol dem Tode nahe war, und mir in Mauthausen. Wir hatten dieses Etwas, was jemand einmal als »Fallschirm« bezeichnet hat, was man aber genausogut einen »Rettungsring« nennen könnte. »Fallschirm« klingt aber besser. Man kann an ihm jederzeit aus der düsteren Wirklichkeit in einen Raum springen, der mit den Bildern und Stimmen gefüllt ist, die man in sich trägt.*

Im Jahre 1933 kündigte sich diese Wirklichkeit aber erst von ferne an, und dem jungen Lec schienen nach seinem literarischen Debüt alle Möglichkeiten offenzustehen. Allerdings waren seine häufigen Manifestationen linker Sympathien den Behörden inzwischen dermaßen aufgefallen, dass er sich ein Jahr später gezwungen sah, Lemberg für längere Zeit zu verlassen.

Warschau

Als 1935 sein zweiter Gedichtband, *Zoo*, erschien, wohnte er bereits seit einem Jahr in Warschau. Trotz seines jungen Alters gelang es ihm schnell, sich in den dortigen literarischen Kreisen einen Namen zu machen. Er war als der vielversprechende Autor von *Farben* empfangen worden, und mit dem zweiten Buch zog er noch mehr Aufmerksamkeit auf sich. Diesmal legte er nämlich eine Sammlung vor, die voller raffinierter Wortspiele und komplizierter Reime, im Ton aber anders als sein Debütband war: In seinen neuen Gedichten zeigte er sich von der aggressiven, sarkastischen, ironischen Seite; es fehlte ihm oft an Distanz zu dem beschriebenen Objekt, wodurch er immer wieder die Grenze zum Pamphlet streifte. Der Weg zur politischen Satire war nicht mehr weit.

Eigentlich kam die Satire zu mir. Die Zeit, in die ich hineingeboren wurde, brachte sie mir. Mein Debüt war ja in dem Jahre, in dem ein gewisser Brauner an die Macht kam. Und zu Hitler fiel mir viel ein, damals wurde ich also dieser … ich weiß nicht … dieser Zeitdichter oder Satiriker. Ich schrieb krasse Satiren, kämpferische Satiren, die ich dann in Zeitschriften veröffentlichte, in Warschau und überhaupt in Polen. Die echten politischen Parolen schrieb ich erst unter der Okkupation, während des Krieges. Aber damals schrieb ich normale, sozusagen, Satiren – solche, wie Tucholsky oder Brecht in Deutschland schrieb.

Einen besonders dankbaren Abnehmer seiner satirischen Texte fand er in der illustrierten Wochenschrift *Szpilki* (Nadelstiche), deren erste Ausgabe im Dezember 1935 herauskam. Die beiden Gründer, der Satiriker Zbigniew Mitzner und der Karikaturist Eryk Lipiński, hatten schnell eine Gruppe junger Künstler um sich geschart, die das Blatt zwar nicht ganz ernst nahmen – seine Erfolgschancen waren angesichts des politischen Klimas nicht sehr groß –, es aber dennoch mit Texten und Zeichnungen belieferten.

Von den Behörden wurden die *Szpilki* allerdings von Anfang an sehr ernst genommen: Schon in den ersten Ausgaben gab es fast genauso viele bedruckte Stellen wie weiße Flecken, mit denen die konfiszierten Texte markiert waren. Der Zensur missfiel freilich jede Kritik der innenpolitischen Zustände, der Hauptgrund für ihre Nervosität war aber das problematische Verhältnis zwischen Polen und Deutschland. Der damalige Außenminister Józef Beck betrieb gegenüber dem westlichen Nachbarn eine riskante Politik. Ähnlich wie sein 1935 verstorbener Gönner, Marschall Józef Piłsudski, sah er die Friedensverträge von 1919 als eine Übergangslösung an und erwartete von dem sich anbahnenden internationalen Konflikt neue Grenzverschiebungen, bei denen er die umstrittenen Gebiete in Pommern und Oberschlesien für Polen zu gewinnen hoffte. Gleichzeitig aber baute er auf den deutsch-polnischen Nichtangriffspakt von 1934 und versuchte, seine territorialen Gelüste durch diplomatische Gesten, etwa die berühmten Jagden mit dem Reichsmarschall Hermann Göring im polnischen Urwald von Białowieża, zu kaschieren. All das verlangte von den Medien Fingerspitzengefühl, und nachdem schon die Redaktion von *Cyrulik Warszawski* hauptsächlich wegen ihrer kritischen Kommentare zur Deutschlandpolitik der Regierung geschlossen worden war, nahm die Zensur auch die *Szpilki* sofort unter die Lupe. Die Kolportage des Blattes wurde auf Schritt und Tritt behindert, seine Plakate verschwanden über Nacht von den Litfaßsäulen, und der Chefredakteur Zbigniew Mitzner wurde so oft festgenommen, dass die Zukunftsaussichten der Redaktion tatsächlich schlecht schienen.

Eine Ausgabe der satirischen Zeitschrift *Szpilki*

Dessenungeachtet schloss sich Lec der Zeitschrift im Jahre 1937 an. In *Szpilki* zu publizieren hieß, in einem Atemzug mit solchen Koryphäen des polnischen Humors wie Julian Tuwim oder Konstanty Ildefons Gałczyński genannt zu werden. Allerdings schrieben er und Leon Pasternak, der ebenfalls Mitarbeiter des Blattes wurde, so aggressive Texte, dass sie zu hohen Gefängnisstrafen geführt hätten, wären sie wirklich alle abgedruckt worden.

Andrzej Nowicki: *Ja, Lec war gütig, sanft und menschenfreundlich. Und gleichzeitig sehr bitter und scharf in seiner Satire.*

Diese Aggressivität stieß gelegentlich auch auf Widerstand in der Redaktion, in der ohnehin oft darüber diskutiert wurde, inwieweit es sich lohne, mit zu provokanten Satiren die Zukunft der Zeitschrift zu gefährden. Diese war schon aufgrund der schlechten finanziellen Situation alles andere als sicher. Das Blatt wurde zwar immer beliebter, da die Leser aber vor allem den Kreisen der linken Intelligenz und der Arbeiterschaft angehörten, wurden die aktuellen Ausgaben oft nicht gekauft, sondern gingen als Leihexemplare von Hand zu Hand. Kurz bevor der Redaktion ganz die Mittel ausgingen, fand sich plötzlich ein reicher Gönner: Er hatte ursprünglich die Absicht gehabt, eine fortschrittliche Zeitschrift für Kinder herauszugeben, doch Lec und seine Freunde redeten so lange auf ihn ein, bis er sich einverstanden erklärte, das Geld statt dessen in *Szpilki* zu investieren. Doch nutzte diese Geste nicht viel, denn das Blatt wurde kurz vor Kriegsausbruch eingestellt.

Währenddessen war es Lec gelungen, seine literarische Position durch ein weiteres Buch zu festigen: den Band *Pathetische Satiren,* der 1936 erschien und sich erneut stilistisch von den beiden vorausgegangenen unterschied. Hier gab es keine Wortäquilibristik mehr, die Gedichte hatten oft eine kondensierte, metaphernreiche Form, sie waren stimmungsvoll und nachdenklich, jedem war ein lateinisches Motto vorangestellt. Sie hatten, wie der Titel versprach, satirische Schärfe, doch neben dem Humor noch immer einen lyrischen Charakter.

Marcel Reich-Ranicki: *Müsste ich einen deutschen Satiriker anführen, mit dem sich Lec vergleichen ließe, so würde ich sagen, dass man solche Vergleiche unbedingt unterlassen sollte, weil sie doch immer oberflächlich und falsch seien und daher nur verwirren können. Und dann würde ich Joachim Ringelnatz und Erich Kästner nennen.*

Im selben Jahr 1936 gründeten Lec und Leon Pasternak das literarische Kabarett »Teatr Pętaków« (Theater der Knirpse). Die Programme waren eine spontane Antwort auf das aktuelle politische Geschehen, als Schauspieler agierten Studenten und Arbeiter, die momentan ohne Beschäftigung waren, Lec und Pasternak schrieben Monologe, Sketche und Liedertexte. Doch auch diesmal taten die Behörden alles, um ihre Tätigkeit zu behindern. Schließlich beriefen sie sich auf eine Vorschrift, die es Amateuren verbot, eine »echte« Bühne zu betreiben, und ordneten die Schließung des Kabaretts an – woraufhin dessen Mitglieder eigenhändig die gesamte Bühnenkonstruktion klein schlugen.

Man kann nicht sagen, dass der Besitzer des Saals, der sich in einem Hotel in der Bielańska-Straße befand (dessen Namen weiß ich nicht mehr), von unserem Werk begeistert war. Schließlich mussten wir uns auflösen. Warum? Weil wir ständig auf irgendeine Weise »gefährlich« waren.

Mag sein, dass Lec' politische Aktivitäten nicht nur mit seinen Ansichten, sondern auch mit seinen Freundschaften zu tun hatten. Mal nahm er an den Diskussionen und halblegalen Lesungen der sogenannten »Assoziation Proletarischer Dichter« teil, die von Jan Śpiewak mitbegründet worden war. Dann wiederum schloss er sich der Wochenschrift *Lewar* an – der Name war eine Abkürzung von »Lewica Artystyczna« (Künstlerische Linke) –, zu deren Initiatoren Leon Pasternak gehörte und die unter streng konspirativen Bedingungen erschien: Der offizielle Sitz des Blattes war Włochy bei Warschau, die Redaktionsarbeit wurde aber größtenteils in einer Warschauer Privatwohnung verrichtet, deren Adresse nur wenige kannten.

Von Zeit zu Zeit geriet er dadurch in eine gefährliche Lage, etwa kurz nach seiner Ankunft in Warschau, als er und Pasternak sich ein Zimmer in einem alten, überfüllten Mietshaus an der Ecke Nowolipki und Karmelicka teilten. Eines Tages bekam der in demselben Haus wohnende Journalist und Übersetzer Leopold Lewin einen überraschenden Besuch: Bei Pasternak fand gerade eine Hausdurchsuchung statt, und Lec, der schon im Treppenhaus die Gefahr gewittert hatte, klopfte sofort an seine Tür, um bei ihm den Besuch der Geheimpolizei abzuwarten. Für Pasternak, den überzeugten Kommunisten, waren solche Situationen nichts Neues, Lec versetzten sie in Panik – in seinem Kern war er doch zu sehr Aristokrat, zu wenig Revoluzzer. Alten Bekannten, die ihn seit der Lemberger Zeit nicht gesehen hatten, kam er dennoch verändert vor.

Jan Wyka: *Das erste, was mir an dieser mittlerweile erwachsenen, männlich wirkenden Gestalt auffiel, war eine gewisse Trägheit der Gesten und der Sprechweise. Er war ein großer, kräftig gebauter Mann geworden, von dem ein mir fremdes Phlegma ausging. Hin und wieder beunruhige oder sogar irritierte mich sein permanenter Hang zur Zweideutigkeit, die sich hinter einem halben Wort, einer gleichgültigen Feststellung, einem kaum sichtbaren, schnell verschwindenden Lächeln verbarg.*

Dieser Hang zur Zweideutigkeit war auch anderen nicht entgangen. Obwohl Lec in den linken Kreisen verkehrte, überraschte er immer wieder durch recht seltsame, zwiespältige Äußerungen: Er schien den Marxismus skeptisch zu beäugen, ja zuweilen zum Monarchismus zu tendieren. Immer wieder beschwor er die

Epoche der Habsburger herauf, und er tat es mit einer solchen Inbrunst, dass seine Gesprächspartner sich oft fragten, ob es sich um echte Emotionen oder um Ironie handelte.

***Jan Śpiewak:** Lec bezeichnete die Ironie als eine Kunst der Distanz, wobei er oft hinzufügte: Es ist wichtig, wer und in wessen Namen ironisiert.*

An seinen literarischen Ambitionen hatte sich allerdings nichts geändert, und da es ihm mittlerweile gelungen war, Kontakte zu weiteren Literatur- und Kulturblättern Warschaus zu knüpfen – seine Gedichte waren unter anderem in *Sygnały* (Signale), *Skamander, Gazeta Artystyczna* (Künstlerzeitung), *Okolica Poetów* (Dichtergegend) und *Czarno na Białym* (Schwarz auf Weiß) zu lesen –, zog sein Ruhm als origineller Dichter und scharfzüngiger Satiriker immer weitere Kreise. Als aber das kommunistische *Dziennik Popularny* (Volksblatt), für das er auch arbeitete, von den Behörden geschlossen wurde, hielt er es für das beste, Warschau für eine Weile zu verlassen. 1937 fuhr er über Lemberg nach Rumänien und anschließend nach Czortków, einem Ort in Podolien, wo seine Familie ein Landgut besaß und wo er dank deren Verbindungen in einer Anwaltskanzlei auf die Liste der Applikanten gesetzt worden war. Es war eine reine Fiktion, die ihn vor der Verhaftung schützen sollte und die später, als er nach mehreren Monaten nach Warschau zurückkehrte, noch eine Zeitlang in einer dortigen Kanzlei aufrechterhalten wurde. In Wirklichkeit übte er den Anwaltsberuf niemals aus, und sein einziger »Kontakt« mit der Jurisprudenz bestand darin, für das besagte *Dziennik Popularny* unter Pseudonym tägliche Feuilletons mit dem Titel *Vor dem Unjüngsten Gericht* zu schreiben.

Nach seiner Rückkehr (1938) setzte er die Existenz eines freien Literaten fort, was insofern nicht ganz einfach war, als er noch im selben Jahr heiratete – seine Auserwählte hieß Elżbieta Cukierman (während des Krieges wird sie den Namen Rusiewicz tragen) – und seine Einkünfte ohnehin nur ein sehr bescheidenes Leben ermöglichten. Die Zeitungen, für die er arbeitete, zahlten nicht viel, und die Angebote der zahlreichen, doch oft weniger ambitionierten Warschauer Kabaretts, Liedertexte und Sketche für sie zu schreiben, lehnte er ab. Die Armut machte ihn erfinderisch, zumal er bei aller Sparsamkeit auf manche Vergnügungen auf keinen Fall verzichten wollte. So gingen er und Jan Śpiewak oft zu Fuß in den fernen Stadtteil Leszno, um in einem einfachen Speiselokal namens »Cyganeria« für 50 Groschen zu Mittag zu essen und sich dafür abends einen Kaffee in der »Ziemiańska«, am Stammtisch von Witold Gombrowicz, leisten zu können.

Das berühmte Künstlercafé an der Mazowiecka-Straße war in jener stürmischen Zeit nach der Wiedererlangung der Unabhängigkeit (1918) berühmt geworden, in der die freiheitstrunkenen Warschauer Abend für Abend in die unzähligen neu entstandenen Lokale strömten: Kaffeehäuser, Restaurants, Kabaretts, Nachtclubs. Die »Ziemiańska« galt als absolutes Muss für alle, die der Literaturszene angehörten oder angehören wollten. Es war der Ort, an dem solche Größen wie Mieczysław Grydzewski, Chefredakteur der einflussreichen Wochenschrift *Wiadomości Literackie* (Literarische Nachrichten), oder die Mitglieder der vom Publikum vergötterten Dichtergruppe »Skamander« verkehrten. Diese bestand offiziell aus fünf Literaten (u. a. Jarosław Iwaszkiewicz), doch es gab etliche weitere, die sich gern ihrem Kreis zuordnen ließen. Sie wussten, dass selbst eine »halbe« Zugehörigkeit zu den »Skamandriten« als literarische und gesellschaftliche Nobilitierung galt, und nahmen gern an ihrem Tisch im Zwischengeschoss des Cafés Platz.

Die Besuche in der »Ziemiańska« wurden für Lec zu einem allabendlichen Ritual, fast zu einer Sucht. Selbst wenn das Geld

Lec mit Jan Śpiewak und einer Bekannten bei einem Spaziergang in Warschau (dreißiger Jahre)

für den »halben Schwarzen« nicht reichte, musste er wenigstens kurz vorbeischauen, um die Atmosphäre des dunklen, verrauchten, stets überfüllten Lokals einzuatmen und Gombrowicz' absurd-brillanten Wortgefechten zuzuhören. Vor allem an seinem Tisch nämlich herrschte jener provokante, ausgelassene Stil, der damals so beliebt war und dessen oberstes Gebot lautete, außer Frauen und Alkohol nichts ernst zu nehmen, möglichst auf alles mit Spott, Witz und Kalauern zu reagieren.

Witold Gombrowicz: *Vor Bescheidenheit errötend, aber auch voll berechtigten Stolzes bekenne ich, dass ich in der »Ziemiańska« binnen kurzem erhebliches Ansehen erwarb und mein Tisch oft von* *einer großen Zahl Kiebitze umlagert wurde; sie nahmen dort Platz, noch ehe ich auftauchte. Meine Witze, Grimassen, Sprüche, meine Dialektik, meine poetischen Himmelsflüge und philosophisch-psychologischen Ausführungen, meine künstlerischen Aussagen, zerschmetternden Angriffe oder hinterlistigen Provokationen, das alles elektrisierte die Zuhörer, und zwar hauptsächlich deshalb, weil es genau das Gegenteil dessen war, was im allgemeinen in der »Ziemiańska« akzeptiert wurde. Ich verehrte die Poesie nicht, ich war weder sehr fortschrittlich noch sehr modern, ich war kein typischer Intellektueller, weder Nationalist noch Katholik noch Kommunist noch Rechter, ich feierte weder die Wissenschaft noch die Kunst noch Marx – wer war ich denn? Ich war meistens die Negation meines entsetzten Gesprächspartners, der erst nach mehreren Zusammenkünften bemerkte, dass ich nur aus Sport, nur zum Spaß diskutierte, aber auch aus Neugier, um auf alle Fälle das Gegenteil jeder These zu erforschen.*

Lec fühlte sich in diesem Klima der intellektuellen Provokation ausgesprochen wohl. Er strotzte vor Energie und Humor, witzelte und spottete, wenn auch, anders als Gombrowicz, auf eine gutmütige und heitere Art. Sonst gab es aber zwischen den beiden durchaus Parallelen: Die bourgeoise Lebensweise in der frühen Jugend und die spätere Verarmung der Familie, der Hang zum Künstlertum und die Zwänge der bürgerlichen Existenz – all das schärfte ihr Gespür für Gegensätze und Absurditäten, während die spezifische geistige Atmosphäre, aus der sie täglich in der »Ziemiańska« und anderen Cafés Warschaus schöpften, ihre Vorliebe für Polemik stärkte. In beiden Fällen fand diese auch ihren literarischen Niederschlag: bei Gombrowicz in seinen Dramen und Romanen – den ersten, *Ferdydurke* (1937), hatte er damals gerade publiziert –, bei Lec später in den *Unfrisierten Gedanken*.

Doch bevor es soweit war, hatte er noch eine andere literarische Miniaturform für sich entdeckt: das Epigramm, das in Polen eine lange, von dem Renaissancedichter Jan Kochanowski begründete Tradition hat. Später behauptete er, er habe schon immer Epigramme geschrieben, wenn auch nicht regelmäßig. Es seien freie Gedanken gewesen, mit Gewalt in das Korsett traditioneller Formen gepresst, die er sporadisch, verschiedenen Impulsen folgend, notiert habe. Im Laufe der Jahre hätten sich in seinen Notizbüchern und Heften so viele angesammelt, dass ihm schließlich die Idee gekommen sei, sie zu veröffentlichen.

Höchste Zeit
Also sprach unser Großer Effendi:
»Es wäre Zeit für den modus vivendi.«

Er fing auch bald an, seine Idee umzusetzen und mit Hilfe von Jan Śpiewak eine Auswahl seiner Epigramme für den Druck vorzubereiten. Nach den beiden Bänden, *Zoo* und *Pathetische Satiren,* wäre es das dritte Buch gewesen, mit dem er den Lesern sein satirisches Spektrum präsentiert hätte. Doch dessen Erscheinen wurde durch den Kriegsausbruch verhindert, und die Auswahl konnte erst im Jahre 1946, in einem Band mit dem Titel *Spaziergang eines Zynikers*, publiziert werden.

Die nationalistischen und antisemitischen Töne, die immer lauter aus Deutschland zu vernehmen waren, lösten unter den polnischen Intellektuellen Angst und Besorgnis aus. Dabei hatten viele von ihnen eine durchaus positive Einstellung zu den Deutschen: Sie kannten die Klassiker der deutschen Literatur, liebten die deutsche Musik, schätzten die Tiefe und Logik des deutschen Denkens, einige von ihnen hatten an den Universitäten Marburg, Heidelberg, Göttingen oder Berlin studiert. Goethe, Schiller, Lessing, Beethoven, Bach – das waren für sie die echten Deutschen. In Hitler sahen sie nur eine Art Missverständnis, eine kurze Entgleisung.

Auch Lec dürfte damals zwiespältige Gefühle gehabt haben. Einerseits war er zweisprachig und mit der deutschen Literatur und Kultur bestens vertraut, andererseits wurde seine jüdische Herkunft, der er bis dahin kaum Bedeutung beigemessen hatte, plötzlich zu einem Risikofaktor. Und an diese wurde er beinahe täglich erinnert – durch die antisemitischen Exzesse, die mittlerweile auch in Polen zum Alltag gehörten, und durch die Tatsache, dass er in einem Teil Warschaus wohnte, der an das Judenviertel grenzte. Dessen Existenz war leicht zu erklären: Vor dem Krieg gab es in Polen drei Millionen Juden, davon allein über dreihunderttausend in Warschau. Da die Stadt damals ca. 1,5 Millionen Einwohner zählte, bildeten sie etwa ein Fünftel der Stadtbevölkerung. Auffällig war dabei, dass zwei Drittel von ihnen arme, orthodoxe Juden waren, die kaum Polnisch sprachen und am liebsten unter sich blieben. Sie bevölkerten zu Tausenden das besagte Viertel – einen Ort der Armut und Verwahrlosung, mit engen Gassen und niedrigen Häusern, in denen abends, da es oft keine Elektrizität gab, Kerzen oder Karbidlampen brannten.

Es lebten in Warschau freilich auch assimilierte, wohlhabendere Juden, deren Lebensstil sich in nichts von dem der polnischen Familien unterschied. Es fehlte allerdings eine Gruppe, die – wie Lec es aus Wien kannte – eine Brücke zwischen den orthodoxen und den assimilierten gebildet hätte.

Andrzej Szczypiorski: *Es gab fast keine jüdischen Geschlechter, wie das, aus dem Elias Canetti stammt, also eine gebildete, weltgewandte, mit ganz Europa vertraute, dabei jedoch weiterhin religiöse, ja sogar auf alte, orthodoxe Weise fromme Plutokratie.*

Und da die wenigen assimilierten Juden ihrerseits kein Interesse zeigten, ein Bindeglied zwischen der polnischen und jüdischen Bevölkerungen zu sein, lebten diese jahrzehntelang als zwei fremde Welten nebeneinander.

Bei dem Anblick der orthodoxen Juden – und man brauchte nicht unbedingt ihr Viertel aufzusuchen, um einer schwarz gekleideten Gestalt mit Bart und langen Schläfenlocken zu begegnen – muss Lec oft an die jüdischen Schtetl Galiziens gedacht und dabei, wie ein Gedicht aus dem Jahre 1938 zeigt, ihren nahenden Untergang geahnt haben:

In den kleinen Städtchen
Wie morsche Stümpfe auf Wiesen
glimmen die kleinen Städtchen
mit Nestern von kalten Feuern.
Bienenstöcke der Wehmut. Wo Juden
die Trauer tragen auf Lidern
in ihre Häuser, die schräg sind wie Gräber.
Der Kater leckt Sonnentropfen
von Fensterscheiben. Dann flieht er,
trunken vom Licht, in den Wald. So ist's dort.
Und jedes Haus
stützt den Himmel
mit sieben Armen aus Licht.
Die restlichen Hände leuchten
mit schmerzlicher Apathie.
Pferde an Häuser gebunden.
Ein Peitschenknall taucht das Städtchen
in grünen Sturmwind der Wiesen.
Doch das ist Täuschung.
Ziegen mit Jungrabbi-Bärten
verwischen Messias' Spuren,
die magersten Josephskühe
brüllen Stundengebete
dumpf auf dem Friedhof des Lebens – dem Markt.
Gewitter dunklen Geschehens
erschüttern die über dem Fetzen Welt

gespannte brüchige Plane der Nacht.
Meteore schlagen tückisch
in Patriarchenschädel,
und danach betten sie stauend
die Leichen lang zu Alleen.
Aus Gräbern keimt wieder Gras.

Der Krieg

Nach dem deutschen Überfall vom September 1939 hatten viele polnische Intellektuelle einen Grund, um ihr Leben zu fürchten: Wer in der Vergangenheit auch nur die leiseste Kritik an den Verhältnissen in Nazideutschland geäußert hatte, stand ab sofort auf der schwarzen Liste der Gestapo. Dies galt auch für zahlreiche Warschauer Schriftsteller, die sich nun ins Ausland zu retten versuchten. Ihr Fluchtweg führte entweder über Rumänien in den Westen, nach Frankreich, England und Amerika, oder genau in die entgegengesetzte Richtung: in den Osten, wo ihnen allerdings am 17. September 1939 die einmarschierenden sowjetischen Truppen den Weg versperrten. Und da nach der Bombardierung Warschaus auch die Institutionen des literarischen Lebens nicht mehr existierten, wurde Lemberg in den ersten Kriegsjahren zum Wohnort etlicher polnischer Literaten. Hier versammelten sich viele von ihnen um die kommunistische Monatsschrift *Nowe Widnokręgi* (Neue Horizonte), hier entstand auch nach der Befreiung der polnischen Ostgebiete (1944) der neue Polnische Schriftstellerverband.

Auch Lec fand sich nach Ausbruch des Krieges in Lemberg ein. Er hatte seine Geburtsstadt in den vergangenen Jahren nur selten gesehen – im Jahre 1936 etwa nahm er an einem von der Volksfront organisierten Kulturkongress teil –, doch er schien sich dort sofort wieder wohl zu fühlen. Gesellig wie eh und je, wurde er oft inmitten einer gutgelaunten Clique gesehen. Er knüpfte auch etliche neue Kontakte, die jedoch bald für einige wenig ruhmreiche Episoden in seiner Biographie sorgen sollten. Von den kommunistischen Literaturhistorikern verschwiegen oder beschönigt, waren sie nach der Wende von 1989/90 – zusammen mit einigen Details aus der Nachkriegszeit, von denen noch die Rede sein wird – ein gefundenes Fressen für die Befürworter der sogenannten »Lustration«, d. h. der Durchleuchtung öffentlicher Personen aus der Zeit der Volksrepublik.

Dazu gehörte die Tatsache, dass er in Lemberg Mitglied des Verbands Sowjetischer Schriftsteller der Ukraine war und für die auf Anordnung der Sowjets gegründete Zeitung *Czerwony Sztandar* (Rote Fahne) äußerst regimefreundliche Texte schrieb: Artikel, Reportagen (etwa über die Dorfkollektivierung), Epigramme (kleine boshafte Toasts *Auf Chamberlain* oder *Auf die englische Freiheit*, die im »British Museum« aufbewahrt werde) und vor allem Gedichte. Schon die Titel – *Stalin*, *Rote Armee*, *Brief an die Dichter in Kiew*, *An das finnische Volk* – sprachen für sich, doch der Inhalt stand ihnen in nichts nach: Eine Hymne auf den sowjetischen Diktator, der Lec' Schilderung zufolge in jedem Bruchteil des Universums gegenwärtig zu sein schien, »in einem Lied und in der Zeit und / im Raum, / in Kohlen, Kupfer, im Silber der Gewässer«, ein Gruß an die ukrainischen Dichter, mit denen man nun »durch das gemeinsame Vaterland verwoben« sei, oder ein Aufruf an die Revolution, »in die Brust der Bourgeoise ein finnisches Messer zu stoßen«, solche Äußerungen, die tatsächlich von ungewöhnlichem und kaum nachvollziehbarem Eifer zeugten, würden die Gegner des kommunistischen Regimes nicht so schnell wieder vergessen.

Der Ausbruch des deutsch-sowjetischen Krieges und die Eingliederung Lembergs in das Gebiet des Generalgouvernements (1941) setzten all dem ein rasches Ende. Lec wurde wegen seiner jüdischen Abstammung verhaftet und ins Konzentrationslager Tarnopol gebracht, wo er die nächsten zwei Jahre verbachte.

Adolf Rudnicki: *Zweimal sollte er erschossen werden. Er überlebte es wie durch ein Wunder. Auf späteren Fotos, die ich sehr mag: seine ruhigen Augen, ohne eine Spur der Hölle. In Kafkas Augen* *hingegen: die Widerspiegelung der Gesichter und der Gewehrläufe eines Erschießungskommandos, vor dem er niemals gestanden hatte.*

Die erste dieser Szenen spielte sich auf einem Friedhof ab. Lec und einige Mithäftlinge wurden von ein paar betrunkenen SS-Männern dorthin gebracht und bekamen den Befehl, sich in pathetischen Posen aufzustellen. Anschließend – davon waren sie überzeugt – würden sie exekutiert werden. Ein Freund von Lec fragte einen der SS-Männer, was für Posen es sein sollten, woraufhin dieser einen Wutanfall bekam und die Häftlinge mit Fußtritten aus dem Friedhof hinausbeförderte. Ein anderes Mal wurde Lec befohlen, nach einer Renovierung das Zimmer des Lagerkommandanten zu säubern. Der Kommandant, der die Angewohnheit hatte, wahllos auf Menschen zu schießen, war von Beruf Pianist. Während Lec also auf einer Leiter stand und die Wände abwusch, spielte der Kommandant Klavier. Plötzlich fragte er den Häftling, was er spielen solle, und bekam zu seiner Verblüffung die Antwort: »Eine wienerische Melodie.« Er brüllte ein wütend-verächtliches »Was?!«, doch dann erfüllte er den Wunsch. Am nächsten Tag wiederholte sich die Szene, und auch diesmal fiel der von Lec erwartete Schuss nicht. Allerdings stand er schon kurze Zeit später nackt vor einem Erschießungskommando – über einer Grube, die er selbst hatte schaufeln müssen: eine Situation, über die er erst viele Jahre später lachen konnte.

***

Als ich jenes Stück Grube aushob, das mein Grab sein sollte, und dabei leise, mechanisch irgendeine kleine Arie aus der *Fledermaus* vor mich hin pfiff, sagte der mich beaufsichtigende SS-Mann: »Du bist ein Zyniker.« Er empfand offenbar keine Sympathie für mich.

Es war unmittelbar vor der Liquidierung des Lagers (1943), es herrschte ein allgemeines Durcheinander, und Lec und einigen anderen Todeskandidaten gelang es im letzten Moment, zunächst zurück ins Lager zu fliehen und dann in gestohlenen SS-Uniformen von dort auszubrechen. Seine Komplizen wollten sich so schnell wie möglich von Tarnopol entfernen, doch er blieb in der Nähe der Stadt und stahl sich zu einer ihm bekannten konspirativen Wohnung durch. Er wollte mit eigenen Augen sehen, wie das Lager brannte.

Tarnopol 1943
Vielleicht fingierte Zigeuner?
Sie wanderten in einer Reihe
stadteinwärts, die Pferdchen spitzten
die Ohren.
Unterm Zamek, der Burg,
lagerten sie, fielen umgelegt, lagen.
Durchs Gedächtnis zieht
ein Sieb von Schüssen,
Blutkupfer, echogehämmert,
im Dämmer zeigten nur die pferdlosen Deichseln
der Wagen, der aus dem Leben gekernten, die
Richtung.
Sterne rannten mir von der Stirn,
als ich die Wagen in die verkehrte Nähe der Welt
zog,
getrieben von Zigeunersehnsucht
und von den Kolben der SS.

Nach der abenteuerlichen Flucht aus Tarnopol schlug sich Lec nach Warschau durch. Erschöpft, mittellos und in ständiger Angst, von den Judenfängern entdeckt zu werden, lief er in der Stadt herum, vergeblich nach Hilfe und Unterkunft suchend.

In seiner Verzweiflung beschloss er schließlich, seinem Leben ein Ende zu setzen. Er mietete für sein letztes Geld ein billiges Hotelzimmer, in dem er sich erhängen wollte. Erst als sein Hosengürtel an der Zimmerdecke hing, gab er seinen Plan auf und ging wieder auf die Straße hinaus. Noch am selben Tag traf er eine Bekannte aus der Vorkriegszeit, die im kommunistischen Widerstand tätig war und nach dieser Begegnung ihrem unmittelbaren Vorgesetzten, dem späteren Verteidigungsminister Marian Spychalski, von Lec' Situation erzählte. Auf dessen Anordnung hin bekam er seine erste konspirative Unterkunft – es sollten noch viele weitere folgen – und wurde mit der Redaktion der in Pruszków bei Warschau erscheinenden Zeitung *Żołnierz w Boju* (Soldat im Kampf), des Organs der Volksgarde, betraut. Im Frühjahr 1944 wurde er schließlich ins Lubliner Land geschickt, wo er an den Partisanenkämpfen der Volksarmee teilnahm.

Ich war stets ein Muttersöhnchen und habe nie von solchen Abenteuern geträumt. Und heute zittere ich bei jedem Abenteuerfilm wieder um das Schicksal des Helden, obwohl ich viel Tolleres mitgemacht habe. Jeden Tag hieß ich anders, alles war illegal.

Zu diesem Zeitpunkt wurde in der Volksarmee am Aufbau einer Propagandaabteilung gearbeitet, die das politische Bewusstsein der Soldaten und der lokalen Bevölkerung stärken sollte. Man brauchte auch jemanden für die Redaktion einer Frontsoldatenzeitung und das Abfassen von Flugblättern. So wurde man auf Lec aufmerksam, der sich gerade unter dem Pseudonym »Łukasz« dem ersten Bataillon angeschlossen hatte und dem der Ruf vorauseilte, für diese Art Arbeit geeignet zu sein. Der mit der Organisation der Propagandaabteilung betraute Offizier, Gustaw Alef-Bolkowiak (»Bolek«), machte sich also auf den Weg zum ersten Bataillon.

Gustaw Alef-Bolkowiak: *Vor mir stand ein Partisan im Alter von über dreißig Jahren, mit müdem Gesicht und in wenig militärischer Haltung. Er sagte nicht viel und artikulierte jedes einzelne Wort so, als müsste er über dessen Bedeutung erst nachdenken. Aus unserem Gespräch ging hervor, dass er vor der Ankunft im Lubliner Land Redakteur von Żołnierz w Boju, einer Zeitung der Volksgarde, gewesen war und dass er, wie er bescheiden bemerkte, ein wenig Deutsch sprach. Die letztere Nachricht freute mich ganz besonders, denn wir wollten mit unseren Flugblättern auch deutsche Soldaten erreichen – um sie über die wirkliche Situation an der Front zu informieren und sie dazu aufzurufen, den Kampf gegen uns aufzugeben. Mir war der Stein vom Herzen gefallen. Endlich hatte ich den richtigen Mann gefunden.*

Dass »Łukasz«, der nun im Rang eines Oberleutnants zum Chef einer Propaganda- und Übersetzungseinheit ernannt wurde, ein bekannter Dichter und Satiriker war, erfuhr »Bolek« erst nach dem Krieg. Er hatte aber auch so allen Grund, mit Lec' Arbeit zufrieden zu sein. Dank dessen Zweisprachigkeit konnten tatsächlich mehrere Flugblätter auf deutsch gedruckt werden, und die Wandzeitung, die er außerdem redigierte und in der kleine Artikel, satirische Gedichte und Zeichnungen erschienen, war bei den Soldaten sehr beliebt. Die Zahl der Aufgaben nahm offenbar ständig zu, denn eines Tages wurde seinem »Büro« ein neuer Mitarbeiter zugeteilt: Marcel Reich(-Ranicki), der nach dramatischen Erlebnissen im Warschauer Ghetto und anschließender Zeit in einem Versteck Soldat der polnischen Armee geworden war.

Marcel Reich-Ranicki: *Lec, damals 35 Jahre alt, kam mir schon ein wenig korpulent vor. Er residierte in einer bejammernswerten Bauernhütte. In seiner Stube befanden sich: ein einziger Stuhl, ein kleiner Tisch und ein Bett. Auf dem Stuhl saß er, der Oberleutnant, in einer nagelneuen Uniform. Er war in ein Manuskript* *vertieft und offensichtlich verärgert, dass ihn jemand störte. Ohne aufzublicken fragte er mich militärisch knapp: »Können Sie Deutsch?« Dann stellte er mir ohne Übergang eine unerwartete, eine beinahe unglaubliche Frage. In diesem gottverlassenen Nest inmitten von scheußlichen Sümpfen und düsteren Wäldern wollte der Oberleutnant der Polnischen Armee, Stanisław Jerzy Lec, von mir wissen: »Kennen Sie Brecht?« Ich sagte: »Ja«; und da er mir offenbar nicht recht traute, kam gleich die nächste Frage: »Was?« Ich zählte einige Titel auf. Jetzt erst blickte er mich an, sein Gesicht hellte sich auf: Dass jemand in dieser abscheulichen Einöde von der* Hauspostille *gehört hatte und vom* Aufstieg und Fall der Stadt Mahagonny *– damit hatte er nicht gerechnet. Wir beide, Lec und ich, wir waren, dessen bin ich beinahe sicher, die einzigen in der ganzen polnischen Armee, die den Namen Brecht kannten.*

»Bolek« behielt aus jener Zeit ein geradezu lyrisches Bild in Erinnerung: Es war bei der Schlacht bei Amelin am 10. Mai 1944. Lec saß einsam mit seinem Gewehr am Rande eines Waldes und starrte einen Punkt an, ohne sich zu bewegen. Als »Bolek« näher kam und ihn unsanft fragte, was er dort tue, antwortete er ruhig, er betrachte gerade ein Reh. Er finde es faszinierend, dass das Tier weder die Menschen noch die vorbeifliegenden Kugeln fürchte. Dann folgte er langsam den anderen Partisanen ins Dorf, ohne auf »Boleks« Schimpftiraden zu achten. Sonst aber soll er ein guter Soldat gewesen sein, der nicht nur seine politischen Aufgaben glänzend erfüllte – von Mai bis Juli 1944 war er zudem Schriftleiter von *Wolny Lud* (Freies Volk), dem Blatt der Polnischen Arbeiterpartei (PPR) –, sondern sich auch im Kampf bewährte. Als er nach dem gemeinsamen Einmarsch der Roten und der Polnischen Armeen der letzteren beitrat, wurde er zum Major befördert, und noch kurz vor seinem Tod 1966 hat man ihn mit dem Offizierskreuz vom Orden der Wiedergeburt Polens ausgezeichnet. Dass er sich der prosowjetischen

Volksarmee und nicht der sogenannten »Heimatarmee«, die der polnischen Exilregierung unterstand, angeschlossen hatte, wurde ihm dennoch oft nachgetragen.

Unmittelbar nach Kriegsende lebte er einige Monate in Lodz. Da Warschau in Trümmern lag, wurde die Hochburg der polnischen Textilindustrie, die den Krieg unversehrt überstanden hatte, zum ersten Zufluchtsort vieler Intellektueller. Hier entstanden auch mehrere Institutionen des sich neu formierenden Staates. Die Einführung des kommunistischen Systems rief freilich unterschiedliche Reaktionen hervor, und durch die Aufsplitterung der Kulturlandschaft wurden die gegensätzlichen Positionen um so deutlicher sichtbar. So scharte sich um die in Krakau gegründete katholische Zeitschrift *Tygodnik Powszechny* (Allgemeines Wochenblatt) der Teil der Intelligenz, der dem Kommunismus kritisch gegenüberstand, während das in Lodz entstandene Blatt *Kuźnica* (Schmiede) zur Tribüne der regimefreundlichen intellektuellen Linken wurde.

Lec tauchte sofort wieder in die literarische Szene ein und schloss sich etlichen neu entstandenen Redaktionen an. Er wurde nicht nur Mitarbeiter der *Kuźnica*, sondern auch des literarischen Monatsblatts *Twórczość* (Schaffen) und der Wochenschriften *Odrodzenie* (Wiedergeburt) und *Przekrój* (Querschnitt), außerdem wirkte er an der Neugründung des satirischen Blattes *Szpilki* mit, in dessen Redaktion er viele Freunde und Kollegen aus der Vorkriegszeit traf.

Wiktor Woroszylski: *Einmal kam ich in die Redaktion von* Szpilki *mit irgendeiner pathetischen Satire. Es war nicht mein Debüt, ich hatte schon einige Gedichte in der Tageszeitung* Głos Ludu *publiziert (einige Häuser weiter, auf derselben Seite der Piotrkowska-Straße), doch die berühmte Wochenschrift schüchterte mich wieder stark ein. Ich konnte kaum ein Wort hervorbringen, und die herzliche Jovialität von Lec (und seinem Co-Redakteur*

Leon Pasternak) bedeutete mir mehr, als ich jetzt, da ich die Situation beschreibe, sagen kann. Mein Gedicht lag auf seinem Schreibtisch, ich stand daneben und zerknüllte in der Hand meine weiße Studentenmütze, irgendwelche Leute liefen im Zimmer hin und her und machten Witze, und Lec strich – ruhig, doch schnell – einzelne Wörter weg, schrieb andere hin, und es verging nicht viel Zeit, bis er mir mit einem triumphierenden Lächeln meinen Text überreichte. Es war immer noch mein Text, nicht entstellt oder irgendwelchen Schablonen und Geschmacksrichtungen angepasst, sondern nur präziser, klarer, dem näher, was er in seinem Kern aussagen sollte, was ich aber nicht ganz auszudrücken vermocht hatte. Ich fühlte mich nicht gedemütigt, ich war nur verblüfft und dankbar. Damals begriff ich zum ersten Mal, was es bedeutet, an einem Gedicht zu arbeiten.

Woroszylski war nicht der einzige junge Dichter, dem Lec ein Gespür für die Präzision des Ausdrucks beizubringen versuchte – er tat das auch bei anderen literarischen Anfängern. In der Redaktion von *Szpilki* war er dabei allerdings selten anzutreffen. Meistens saß er in einem Café mit dem zweideutigen Namen »Fraszka« (das Wort bedeutet »Epigramm« und »Kleinigkeit, Lappalie«), das sich an der Piotrkowska, der Hauptstraße von Lodz, befand. Sein häufigster Begleiter war, wie immer, Leon Pasternak, der ihm zu Beginn jeder dieser Sitzungen die Erlaubnis erteilte, zehn Minuten lang ausschließlich über sich zu reden. Danach sah er auf die Uhr, um die Dauer von Lec' Selbstlaudatio zu begrenzen. Solche freundschaftlichen Gepflogenheiten hatten aber bald ein Ende, denn die Redaktion wurde nach Warschau verlegt und das Café geschlossen.

Obwohl es so völlig anders war als die Städte, in denen er bis dahin gelebt hatte, fühlte sich Lec in Lodz sehr wohl. Er schrieb viel in dieser Zeit, wenn auch noch nicht in jenem Stil, der später zu seinem Markenzeichen werden sollte.

Lec mit der einjährigen Tochter Małgorzata
in Lodz (1945)

Wiktor Woroszylski: *Der Stanisław Jerzy Lec, den ich 1945 in Lodz kennengelernt hatte, war noch nicht der wahre Lec, oder besser: noch nicht der vollständige Lec. Noch nicht der, der sich selbst – und in sich das, was wichtig und einzigartig war – gefunden hatte.*

Mit den beiden 1946 erschienenen Bänden, *Feldnotizbuch* und *Spaziergang eines Zynikers*, zeigte Lec deutlich, dass er sich dieser Suche nach dem wahren Ich durchaus bewusst war. In dem einen übte er sich als Satiriker an der neuen politischen Realität, in dem anderen bemühte er sich, den Erlebnissen aus der Partisanenzeit Rechnung zu tragen – nicht ohne Erfolg. Vor allem eines dieser Gedichte, das Lucyna Herz, einer Heldin des

Warschauer Aufstands, gewidmet war, wurde immer wieder abgedruckt; außerdem beeindruckte es den sowjetischen Dichter Nikolai Tichonow so sehr, dass er es ins Russische übersetzte. Ansonsten aber ließ diese Lyrik einen jungen, verwirrten Mann erkennen, der, aus seiner alten Existenz herausgerissen, zu sich selbst und zu den Quellen seiner Inspiration und seines Humanismus zurückzufinden versuchte.

Lied des ehemaligen Partisanen
Brandduft vom Reisig der Tanne
geht mir im Traum noch nach.
Wald, der mein Haus war, spanne
hoch über mir ein Dach!
Siehst du in mir den gleichen,
den du von damals kennst?
Das Laub lebendiger Eichen
hat uns vom Kragen geglänzt.
Eng ist ein Herz und keinem
ward je viel Raum davon.
Auf Plätze warten in meinem
Frau und Tochter und Sohn.
Als wehrlos Zivilem blieb mir
nicht Wald noch Legende im Blick.
Freiheit, dein Vorrecht gib mir,
den fruchtbaren Zorn, zurück!

Später, als er wieder in Warschau wohnte, fuhr er manchmal nach Lodz, ohne ein konkretes Anliegen zu haben. Er wollte alte Bekannte treffen und in Erinnerungen schwelgen oder einfach nur durch die Straßen laufen und sich an der Pracht der alten Patrizierhäuser erfreuen. Er erkannte ihre Schönheit schon zu einem Zeitpunkt, als es noch niemandem in den Sinn kam, in Lodz etwas anderes als eine arme Fabrikstadt zu sehen.

Ich verstehe nicht, wie man Lodz nicht mögen kann. Diese Stadt hat einen Charme, den man nirgendwo sonst findet.

Vielleicht hing seine Sympathie auch damit zusammen, dass Lodz die erste Stadt war, die er nach dem Alptraum des Krieges erlebte. Vielleicht war er ihr dankbar dafür, dass er hier nach den sechs schrecklichen Jahren endlich wieder ein Stück Normalität – Arbeit, Freunde, ein schöpferisches Klima – gefunden hatte.

Wien

Im Jahre 1946, kurz nach dem Erscheinen von *Feldnotizbuch* und *Spaziergang eines Zynikers*, wurde Lec Presseattaché der Polnischen Botschaft in Wien. Er war längst nicht die einzige literarische »Neuerwerbung« der kommunistischen Diplomatie. Die neuen Machthaber fanden es sowohl schick als auch nützlich, Auslandsposten mit Schriftstellern und Publizisten zu besetzen. Diese hatten zwar keine einschlägigen Erfahrungen, fanden dafür aber sehr günstige Arbeitsbedingungen vor: Durch den Wechsel des politischen Systems war das Interesse des Westens für Polen stark gestiegen, und da man sich noch überall an die guten Kontakte zu polnischen Intellektuellen und Künstlern aus der Vorkriegszeit erinnerte, strömte man nun zu den Kulturveranstaltungen polnischer Auslandsvertretungen. So wurde der Dichter Czesław Miłosz für mehrere Jahre Kulturattaché in New York, Washington und Paris; Antoni Marianowicz, ein beliebter Satiriker und Journalist, durfte Korrespondent der Polnischen Presseagentur und Chef der Kulturabteilung der Botschaft in Brüssel sein; Marcel Reich-Ranicki (alias Marceli Ranicki) erprobte sein diplomatisches Geschick als Vizekonsul in London, und der spätere Bestsellerautor Andrzej Szczypiorski war ab 1956 Presse- und Kulturattaché in Kopenhagen. Die Liste ließe sich fortsetzen.

Die Jahre in Wien waren für Lec eine sehr glückliche Zeit. Er lebte wieder in der Stadt, in der er seine Kindheit verbracht hatte, die er über alles liebte und deren Atmosphäre immer noch in ihm nachwirkte. Physisch hatte er sie zwar vor Jahren verlassen, mental aber war er nach wie vor stark mit ihr verwachsen. Dass er sie diesmal seinen eigenen Kindern, der kurz vor Kriegsende geborenen Tochter Małgorzata und dem etwas jüngeren Sohn Jan, zeigen konnte, verstärkte nur seine Begeisterung.

Eine Lec-Karikatur aus dem Jahre 1946

Jan Wyka: *Wien war für ihn immer das Thema Nummer eins, deshalb scherzte ich manchmal, dass es sein Lieblingsspielzeug sei. Dass er die Stadt wie ein kleiner Junge durch das Glas eines Fotoplastikons betrachte – den Wiener Wald, den Prater, die Theater und Kinos, Museen und Schulen, den Ring und die Donau.*

Damals allerdings, unmittelbar nach dem Krieg, sah Lec sein geliebtes Wien auch mit anderen Augen:

Schönbrunn 1946
Sphinxe neben englischen Monturen
vor Schönbrunn – als ob's Ägypten wär.
Distinguiert gestutzte Baumkonturen;
und ein Esel schreit vom Tierpark her.

Künstlich römischer Ruinenstätte
widerfährt nun wirklicher Verfall.
Auf zerschlagenen Simsen der Gloriette
ruht des Abends schmelzendes Metall.

Schüttelnd klatscht der Wind wie eine Waschfrau
Union Jack die Farben aus dem Kleid,
und des Abends Deckel schließt sich aschgrau
mit des Esels knarrend wildem Leid.

Eines alliierten Schattens Bummel,
der gamaschenweiß zur Seite zieht.
Hebe auf, Romantiker, den Stummel
des Johanniswurms, eh er verglüht.

Er selbst war jetzt auch ein anderer – einer, dessen altes Wertesystem völlig durcheinandergeraten war.

Leszek Kołakowski: *Ein Mensch aus der Habsburger Monarchie, den es in eine Welt nach der Exterminierung der europäischen Juden verschlagen hatte.*

Die Monate zwischen seiner Rückkehr aus Lodz nach Warschau und seiner erneuten Abreise nach Wien waren so kurz, dass er nicht genug Zeit hatte, sich nach dem Schicksal alter Freunde zu erkundigen. Manches Lebenszeichen erreichte ihn daher erst in Österreich.

Brief an Jan Śpiewak:

Wien, 9. Dezember 1946

Lieber Janek,

Du hast keine Ahnung, wie glücklich ich war, als ich in Szpilki *sah, dass Du lebst und in Polen bist. Ich habe Pasternak immer wieder gebeten, mir zu erzählen, was Du die ganze Zeit über gemacht hast, doch er konnte mir nichts Konkretes sagen, außer dass Du Dich mit Zierfischen beschäftigt hättest. Von mir muss ich Dir wohl nicht erzählen, denn Du hast wahrscheinlich schon gehört, was mit mir seit unserem Abschied in der Zamarstynowska in Lemberg los war. Ich war zwei Jahre in einem Todeslager, dann flüchtete ich vom Rand einer Erschießungsgrube nach Warschau, danach folgten die konspirative Tätigkeit, die Partisanenzeit und das Militär, und jetzt bin ich im diplomatischen Dienst. Mit anderen Worten, »das Dasein eines braven Bürgers«. Leicht zu sagen, schwerer zu durchleben und noch schwerer, darüber zu schreiben. Deshalb habe ich über das Lager noch nichts geschrieben, über die Zeit bei den Partisanen nur wenig. (…)*

Ich schicke Dir meinen Spaziergang eines Zynikers. *Es wundert mich, dass man beim Verlag kein Presseexemplar bekommen kann. Nur schreib eine Rezension mit Pfiff, nicht so ein Gestammel wie die anderen. Ich weiß, man sagt über mich, ich sei ein Megalomane. Aber vielleicht ist die Lage der polnischen Satire wirklich so desolat, dass es derzeit das beste satirische Buch Polens ist und darüber hinaus das einzige, das gleichzeitig poetischer Natur ist? Megalomanie, was? Aber Spaß beiseite. Du hast seinerzeit eine kluge Rezension der* Pathetischen Satiren in Lewar *geschrieben. Tue es jetzt auch, nur denk unbedingt daran, zu erwähnen, dass man beim* Spaziergang eines Zynikers *niemals vergisst, dass es gleichzeitig der »Spaziergang eines Lyrikers« ist, dass ich »ein boshafter Lyriker und sanfter Spötter« bin.*

Doch genug von mir. Schreib Du viel. Und berichte mir, wo Du arbeitest und wie Du lebst. (...) Es kann sein, dass ich im Februar nach Polen komme, dann unterhalten wir uns ordentlich. (...)

Dein Stach

In diesen vier Jahren in Wien (1946–1950) versuchte Lec, die diplomatische Karriere mit der literarischen zu verknüpfen, was nicht immer einfach war: Er hatte als Presseattaché viel zu tun, und in seinem Hang zum Perfektionismus übernahm er manchmal auch noch die Aufgaben anderer Mitarbeiter. Er klagte daher oft über eine Überlastung, obwohl er gleichzeitig behauptete, dass sie seinem literarischen Schaffen zugute komme.

Je mehr ich als Staatsbeamter arbeite, desto mehr versuche ich, auch als Schriftsteller voranzukommen. Diese Tätigkeit ist für mich eine Art Ansporn. Denn meine ständigen Befürchtungen, ob ich meine literarische Arbeit nicht zu sehr vernachlässige, führen zu immer größerer Produktivität. Außerdem nutze ich die Zeit, die ich in Polen mit fruchtlosen Streitereien mit den Kollegen vertrödeln würde. Diese Streitereien führe ich heute nur noch in meinen Träumen. Und sie enden natürlich mit meinem klaren Sieg.

In Wirklichkeit hatte er auch im realen Leben oft Gelegenheit, sich in der Streitkunst zu üben, zumal er in Wien schnell neue Kontakte knüpfte. Zu Oskar Jan Tauschinski etwa, einem ebenfalls aus Galizien stammenden Schriftsteller und Übersetzer. Sie lernten sich im Sommer 1947 kennen, und die Bekanntschaft begann mit einer Auseinandersetzung: Tauschinski war in sein Büro gekommen, um sich über eine Doppelvergabe der Übersetzerrechte zu beschweren, und Lec, der wusste, dass die Beschwerde berechtigt war, seinen für den Fehler verantwortlichen Vorgänger aber nicht bloßstellen wollte, reagierte irritiert. Doch schon nach wenigen Worten war das Eis gebrochen, und die beiden unterhielten sich aufs angenehmste: zwei Galizier, die einander sofort, so Tauschinski, »wiedererkannt« hatten. Und vermutlich hatte sich auch für die problematische Doppelvergabe schnell eine elegante Lösung gefunden, denn Lec war als Diplomat äußerst effizient, auch wenn er auf den ersten Blick den Eindruck machte, als sei er für diesen Posten völlig ungeeignet.

Lec' Visitenkarte aus der Zeit als Presseattaché in Wien

Oskar Jan Tauschinski: *Wenn man ihm zusah, wie er, abwesend lächelnd, unsystematisch und mit den tolpatschigen Gebärden eines Tanzbären in seinen Schreibtischladen wühlte oder wie ein mondsüchtiges Baby im Zimmer umhertaumelte, konnte man meinen, er habe nichts von all dem Wichtigen gehört, was man zu ihm sagte, und als sei es überhaupt nutzlos weiterzureden. Schließlich verstummte man entmutigt. Aber siehe da: Er hatte alles vernommen, alles verstanden, bedacht – und auch schon entschieden. Mit wenigen präzisen Worten traf er urplötzlich höchst vernünftige Dispositionen. Seine blauen Säuglingsaugen* *hatten alles gesehen, bemerkt, notiert, und dabei war ihm auch noch ein Epigramm eingefallen, das er nun etwas verlegen zum besten gab.*

Kulinarisches
Und hier ein Rezept für vornehme Magen:
Die Creme wird immer zum Nachtisch geschlagen.

Zum Abschied gab Lec dem neuen Freund einige Gedichte mit, die dieser nach der Heimkehr Helene Lahr, seiner Lebensgefährtin, zeigte. Auf diese Weise gewann er auch zwei neue Übersetzer: Tauschinski, der von jetzt an sporadisch seine Texte übertrug, und Helene Lahr, die zu einer begeisterten Übersetzerin seiner Lyrik wurde und die er bald als »Dichterin meiner Gedichte« vorzustellen pflegte. Ihr war auch ein Auswahlband zu verdanken, der Anfang 1950 unter dem Titel *Über Brücken schreitend* im Wiener Zwei-Berge-Verlag erschien. Er enthielt sowohl Werke aus den dreißiger Jahren und aus der Kriegszeit als auch solche, die in Österreich entstanden waren.

Neben der österreichischen Ausgabe publizierte Lec in dieser Zeit zwei weitere Bände auf polnisch: die Epigrammsammlung *Das Leben ist ein Scherzgedicht* (1948), die endgültig seinen Ruf des führenden polnischen Satirikers begründete, und *Neue Gedichte* (1950), die er größtenteils in Wien geschrieben hatte. Mit diesen beiden Büchern zeigte sich erneut, wie gut sich die beiden Seiten seines dichterischen Talents, das Satirische und das Lyrische, ergänzten.

Ich glaube, sie bilden eine Einheit. Manchmal tritt das Lyrische in den Vordergrund, manchmal das Satirische. So glaube ich wenigstens. Die Kritiker können es anders sehen. Aber ich bemerke, dass sie das so langsam auch einsehen.

Ganz der Diplomat – Lec in Wien um 1948

Der österreichische Dramatiker Franz Theodor Csokor, der in den Wiener Jahren – neben Thomas Bernhard, Wolfgang Kraus, Oskar Jan Tauschinski und Helene Lahr – zu den Literatenfreunden von Lec gehörte, hatte es bereits im Jahre 1950 erkannt. In seinem Vorwort zu dem Band *Über Brücken schreitend* hob er genau diesen Aspekt des Lecschen Schreibens hervor, wobei er den beiden genannten Elementen, dem lyrischen und dem satirischen, noch ein drittes hinzufügte: das biographische, womit er hauptsächlich die Erfahrung des Krieges und der Zugehörigkeit zu der Untergrundbewegung meinte.

***Franz Theodor Csokor:** Das alles stammelt, stöhnt, schreit und grinst auch mitunter aus seinen Gedichten, deren erster Teil schon vor dem Krieg entstanden ist. Er zeigt uns die eigenartige polnische Latinität des Autors, die sich in seiner Jugend noch Zeit zu dem eigenen Ich nehmen konnte und die dann zwanzig Jahre nach Polens Auferstehung in eine neue Weltkatastrophe geriet.*

Die österreichische Ausgabe zeigte auch, wie sich Lec' Stil mit der Zeit gewandelt hatte: Hatten seine früheren Gedichte einen eher abstrakten Charakter, so änderte sich dies mit dem Erlebnis des Krieges. Zwar überraschte er gelegentlich immer noch durch die Sprengung der Form und einen abrupten Wechsel der Tonlage, zugleich hatte aber alles, was zum Gegenstand seiner Nachkriegslyrik wurde, einen realistischen, bisweilen tragischen Hintergrund. Dies galt vor allem für die *Gedichte aus Österreich*, in denen hinter den Bildern der alten Pracht das Gespenst des Massenmords hervorblickte.

In Salzburg
Denkmalschluckende Flora durchpulst den Park
am Schloss Mirabell im Blutsturz der Rosen.
Hier strahlt ein jedes Insekt so viel Sonne aus,
dass es die Winternacht festbeleuchten könnte.

Als schlüge die Zeit nicht,
die auf mich einschlägt.
Als gäb's nur den Johnny vom Staate Utah,
der ein Hufeisen wirft gegen das Ziel
und der ab und zu im Munde den Kaugummi wendet,
während sein Herz vor Freude zerspringt.

Und weil das Camp der Juden,
der Exilierten von Zeit und Raum,

nicht weit ist, kniet hier den Rosen zu Füßen
ein kleines Mädchen
mit Augen wie Psalmen
und spricht zu der Rose polnisch
am Schloss Mirabell,
vielleicht zum letzten Male:
Rose, Rose, Rose,
kleine Psalmistin, polnisch.

Die *Gedichte aus Österreich* brachten Lec außer Lob auch Kritik ein. Den einen missfiel sein allzu starkes Interesse an »fremden« Realien, den anderen sein Verharren in der Vergangenheit. Auf manche dieser Einwände reagierte er gelassen, gegen andere versuchte er zu polemisieren. Der Vorwurf eines anonymen Kritikers, er würde das moderne Wien gar nicht zur Kenntnis nehmen, irritierte ihn in besonderem Maße.

Aus einem Brief an Jan Śpiewak vom 17. März 1947:

An Angriffe habe ich mich mittlerweile gewöhnt. Doch dieser war besonders perfide, zumal er anonym war und ich demjenigen nicht antworten kann. Denn was sollte ich, Presseattaché in Wien, einem Schwachkopf, der irgendwo in Warschau in einer Seitenstraße sitzt und ein Wiener Schnitzel dortiger Provenienz in sich hineinstopft, auf den Vorwurf antworten, dass ich »das neue Wien der Nachkriegszeit nicht sehe«?

Wenn Lec tatsächlich mit der neuen Zeit nicht zurechtkam, dann aus einem ganz anderen Grund: In den Jahren in Lemberg und Warschau waren er und seine Freunde junge Dichter, die alles noch vor sich zu haben schienen. Der Krieg aber war eine so radikale Zäsur und dauerte so lange, dass sie danach vermutlich selbst das Gefühl hatten, das Wichtigste läge bereits hinter ihnen, und auf jeden Fall wurden sie von anderen so behandelt.

Aus einem Brief an Jan Śpiewak vom 15. August 1947:

Während ich diesen Brief an Dich schrieb, hörte ich eine Sendung über alte Filme. Es fielen Namen, von denen der Autor des Beitrags behauptete, dem heutigen Publikum würden sie nichts mehr sagen, doch bei der »vorgestrigen Generation« eine Menge Emotionen hervorrufen. Dabei war das doch unser Leben! Pasternak würde sich entsetzt an den Kopf fassen: »Wie alt wir doch schon geworden sind!« Die vorgestrige Generation ...

Diese plötzliche »Zurückstufung« irritierte ihn sehr. Daher wohl auch seine späteren, oft ironischen Äußerungen über die nachfolgende Dichtergeneration, die im Gegensatz zu der »vorgestrigen« kaum Wesentliches erlebt habe:

Ich will der jungen Lyrik sicherlich nicht vorwerfen, sie sei unverständlich – ganz im Gegenteil: Wenn ich sie kritisiere, dann eben deswegen, weil ich sie sehr gut verstehe. Was mich stört, ist, dass hinter der Form oft gar keine Inhalte stecken. Weshalb erhebe ich einen so schwerwiegenden Vorwurf? Weil ich die Lyrik sehr ernst nehme.

Viel Respekt hingegen empfand Lec für junge Prosaautoren. Er selbst träumte immer davon, Prosa zu schreiben, und machte sogar einmal – während der Zeit in Österreich – den entsprechenden Versuch. Irgendwann kam er nach Warschau und brachte, neben der Übersetzung von Brechts *Mutter Courage*, ein eigenes Prosa-Manuskript mit, aus dem er seinen Freunden Śpiewak und Kamieńska auch sofort vorlas.

Anna Kamieńska: *Leider hat mein Gedächtnis nichts von dieser Prosa behalten, außer dass sie einen dichten, poetischen, nichterzählenden Charakter hatte. Sie war bestimmt ausgezeichnet, und ich erinnere mich an sie nur deswegen nicht, weil ich alles aus jener frühen Nachkriegszeit, die so reich an Erlebnissen war, wie durch einen Nebel sehe.*

Das besagte Manuskript wurde weder damals veröffentlicht noch später in Lec' Nachlass gefunden und gilt bis heute als verschollen. Wahrscheinlich waren es mehrere kurze Prosatexte, denn er gab offen zu, sich einer längeren epischen Form nicht gewachsen zu fühlen.

Schriftsteller, die imstande sind, vierhundert Seiten zu schreiben, imponieren mir. Ich würde das niemals zustande bringen. Vermutlich aus Faulheit.

Der wahre Grund war schlicht der, dass er eine ganz andere Art schriftstellerisches Talent besaß. Für jeden, der ihn kannte, lag dies auf der Hand, und für diejenigen, die wussten, wie sehr ihn sein diplomatischer Posten in Anspruch nahm, waren seine Bemerkungen über die »Faulheit« pure Koketterie.

Aus einem undatierten Brief an Jan Śpiewak (1948):

Ich hatte noch keinen Urlaub. Ich schufte wie eine Eselsherde. Sogar meinen Aufenthalt in dem zu schönen Salzburg, der zehn Tage dauern sollte, musste ich nach fünf Tagen unterbrechen. (...)
Ich habe gar keine Zeit zum Leben. Übermorgen fahre ich wieder nach Salzburg, bleibe aber nur einen Tag, um bei einem Filmfestival über die polnischen Filme zu reden. Und in der Nacht muss ich nach Wien zurück, um am Sonntag auf

dem Kahlenberg Wien zu erobern und zusammen mit Sobieski die Türken (Kara Mustafa) zu besiegen. Außer, in Salzburg läuft irgend etwas schief, dann besuche ich Hitlers Quartier in Berchtesgaden. Ich schulde ihm doch einen Besuch. (...)
Meine Kinder sind in Spitz an der Donau, in der wunderschönen Wachau. Ich war bei ihnen mehrere Male. Nächste Woche kommen sie zurück. Sie sind dort, wo Richard Löwenherz gefangengehalten wurde. Kannst Du Dich daran noch aus dem Geschichtsunterricht erinnern?
Ich habe eine Wanderausstellung mit dem Titel Polnisches Buch *organisiert und trete jetzt ständig im Radio und vor der Kamera auf. Ich gehe schon nicht mehr ins Kino, um mich nicht in der Wochenchronik sehen zu müssen. (...)*
Ich bekomme meinen Urlaub so spät, dass ich nicht mehr aufs Land fahren kann, dabei habe ich Erholung so dringend nötig.

Als er im Sommer 1949 endlich längere Ferien machen durfte, fuhr er selbst in die »wunderschöne Wachau«. Seine Eindrücke hielt er in einem kleinen Gedicht fest, das Helene Lahr zwar sofort ins Deutsche übersetzte, in den Band *Über Brücken schreitend* aber nicht mehr aufnehmen konnte. Es erschien erst posthum, in einem Aufsatz von Tauschinski vom Herbst 1966:

Märchen
An der Donau, in Dürnstein, vor winzigem Hause
hält das Leben zuweilen noch Atempause.

Eine Schnecke das Haus, in den Fels eingezogen;
seine Grundmauern kühlen die wandernden Wogen.

Zu Häupten Ruinen, vermorscht und vergangen.
Richard Löwenherz – heißt es! – lag hier gefangen.

Er sah in der Donau fließendes Schweigen,
sah den Wein am Stocke den Berg besteigen.

Vor dem »Goldenen Hirschen« balgen sich Hunde
um ein Zeitungsblatt mit dem Ereignis der Stunde.

Zerfetztes Papier würgt Gekläff und Gejaule.
Auf der Zunge hängt ihnen der Tag aus dem Maule.

Die Katze schleicht träg von Ruinen zu Tale
auf weicher, mit Stille gesohlter Sandale.

Dass das Gedicht nicht sofort veröffentlicht wurde, hatte Lec wohl wenig bekümmert. Es schien, als hätte er in diesen vier Jahren in Wien nicht nur mehr Distanz zu den Schriftstellerkollegen in Warschau und den dortigen Streitereien, sondern auch zu sich selbst gewonnen. Er schrieb zwar viel, bemühte sich aber kaum um neue Ausgaben seiner Werke, die sich in immer dickeren Heften ansammelten.

Die Tatsache, dass er gelegentlich von polnischen Medien ignoriert wurde, empfand er allerdings als Kränkung. Zwar taten einige Freunde alles, um seine Karriere voranzutreiben, so Jan Śpiewak, der damals Redakteur der Lodzer Tageszeitung *Głos Robotniczy* (Arbeiterstimme) war und darin regelmäßig Rezensionen seiner Bücher und Interviews mit ihm publizierte. Doch das war eher die Ausnahme.

Aus einem Brief an Jan Śpiewak vom 1. Dezember 1948:

Mit Szpilki *bin ich ein für alle Male fertig. Sie antworteten nicht einmal dann, wenn ich Telegramme mit fünfzig Wörtern schicke. Sobald ich nach Polen komme, werde ich einigen Leuten ordentliche Prügel verpassen. Sie haben überhaupt keine*

Phantasie. Sie sind nicht imstande, sich vorzustellen, dass ich leibhaftig in Polen erscheinen könnte.

Wie sich bald herausstellte, hatten die Phantasielosen nicht ganz unrecht …

Israel

Den Sommer 1950 verbrachte Lec in Oberösterreich, in Altmünster am Traunsee. Es war der letzte Urlaub, der ihm als Presseattaché zustand – anschließend sollte er seinen Posten aufgeben und nach Warschau zurückkehren. Freunden, die ihn dort besuchten, kam er unruhig und zerstreut vor, obwohl er sich bemühte, den Schein der Normalität zu wahren. Nur hin und wieder ließ er durch eine Andeutung in Gesprächen oder Briefen erkennen, dass ihn tatsächlich etwas beunruhigte.

Brief an Jan Śpiewak und Anna Kamieńska:

Altmünster, 21. August 1950

Meine Lieben,
ich danke Euch für Euren Brief. Ja, ich bin hier, in diesem modischsten Teil Europas und weiß jetzt schon, dass ich mir irgendwann Vorwürfe machen werde, dass ich diesen Augenblick nicht genießen konnte. Aber so ist es nun mal. Man trägt zu viel emotionales und intellektuelles Gepäck mit sich, das einen erdrückt.
Ich wohne hier bei einem Verleger und habe gerade in Rilkes Briefen geblättert, die demnächst erstmals erscheinen. Dieser Mann hatte Sorgen, dass ich nicht lache! Andererseits, wir sind heute viel dickhäutiger als die Menschen damals, und irgendein Schmetterling, der hilflos herumflattert, tut uns nicht so entsetzlich weh. In diesen Tagen werde ich auch die Adressatin dieser Briefe kennenlernen. (...)
Gleich neben dem Haus, in dem ich wohne, steht ein Schloss – es gibt hier ein gutes Dutzend davon –, wo Schubert einige

Wochen lang gewohnt und sehr schöne Sachen geschrieben hat. Und wo er sehr glücklich war. (…)
Ich umarme Euch herzlich – Dich, Du alter Chaot, Deine kluge Hanka und den kleinen Jasiek.
Stach

Zu seinen Besuchern in Altmünster gehörte auch Oskar Jan Tauschinski, mit dem er einen Schiffsausflug auf dem Traunsee machte. Im Gegensatz zu anderen Freunden hatte Tauschinski eine Veränderung an Lec schon in der ersten Jahreshälfte 1950 bemerkt. Er hatte damals den Auftrag, die Dialoge eines nicht synchronisierten polnischen Films bei den Vorführungen in verschiedenen österreichischen Städten zu sprechen. Eine dieser Veranstaltungen fand in der Aula der Innsbrucker Universität statt, und da es die fünfzigste und letzte war, fuhr Lec in seiner Eigenschaft als Presseattaché mit.

Oskar Jan Tauschinski: *Endlich einmal hatten wir wieder Zeit zum Plaudern und Lachen. Wie Vergnügungsreisende bummelten wir in Innsbruck und Solbad Hall umher. Aber hinter Lec' Schulschwänzer-Fröhlichkeit fühlte ich deutlicher noch als sonst die Beklommenheit, die Unrast und Trauer, die ihn nicht einen Augenblick ganz freigaben.*

Zwei Monate später fuhr Lec nach Altmünster, und nachdem er von dort einen chaotischen und traurigen Brief an Tauschinski und Helene Lahr geschickt hatte, beschlossen die beiden, ihn in seinem Urlaubsort zu besuchen. Diesmal machte er auf sie einen völlig verstörten, fast panischen Eindruck. Bei der besagten Dampferfahrt auf dem Traunsee bat er Tauschinski plötzlich, seinen Notizblock hervorzuholen, und diktierte ihm aus dem Stegreif einige Gedichte, allerdings nicht auf polnisch, sondern auf deutsch. Sie waren von keiner sehr hohen literarischen Qualität, hatten eine »romantische« Note, die Tauschinski nicht sehr überzeugte. Doch er spürte, dass dahinter heftige Emotionen steckten, und notierte eifrig jedes Wort. Er bemerkte auch, dass sich darin das Motiv der Flucht wiederholte.

> Auf der Flucht ist Vorsicht das höchste Gebot.
> Nur Tote schweigen. – Noch bist du nicht tot.
> Dein Atem hallt dröhnend durch fremdes Laub,
> dein Schritt verrät dich im fremden Staub.
> Reifen auch Früchte saftig und rund,
> fällt doch die Birne nicht dir in den Mund.
> Arglos beschnuppert das Tier dein Versteck,
> der Mensch – gottlob! – schaut beharrlich weg.
> Aber dein Blut, es hämmert und schlägt.
> Du handelst gefährlich und unüberlegt.
> Im Herzen der Dorn, auf dem Kopf die Laus,
> sie wollen nur eines: nach Haus, nach Haus!

Außerdem fiel Tauschinski auf, dass keiner dieser Texte einen Titel trug, doch als er Lec darauf ansprach, antwortete dieser achselzuckend, im Grunde könnten sie alle *Auf der Flucht* heißen. Er wusste um die Konsequenzen, die seine Entscheidung, Polen unerlaubt zu verlassen, haben würde. Dann diktierte er noch ein letztes Gedicht, diesmal aber gab er ihm eine Überschrift:

> *Im Krieg*
> Es hängen Äpfel über Straßen
> wie Fleisch so rot.
> Und die sie gestern hier vergaßen,
> die sind vielleicht schon tot.

Es stehen Wiegen leer und wiegen
nur Wind im Wind.
Es rosten Rohre und versiegen.
Längst trinkt daraus kein Rind.

Nachts nagen Mäuse an den Sternen
über dem Dach.
Und nur das Blut will's nicht erlernen.
Ich schlafe tot – und wach.

Was Lec seinem Freund trotz dieser intimen Stunde nicht sagte und was Tauschinski und Lahr, wie alle anderen Bekannten auch, erst Wochen später erfuhren: Er hatte beschlossen, statt nach Polen zurückzukehren, über Neuseeland nach Israel zu fahren. Angeblich hatte dies weniger politische als private Gründe – er soll sich dazu seiner Frau zuliebe entschlossen haben.

Es war, wie sich bald herausstellte, eine falsche Entscheidung. Die Briefe, die er aus Israel schrieb, waren zwar nicht sehr aufschlussreich, doch Freunde, die ihn einige Monate später dort besuchten, fanden ihn völlig verzweifelt vor. Kein Wunder: Aus dem erfolgsverwöhnten Schriftsteller und Diplomaten war über Nacht ein einfacher Angestellter der Gartendirektion von Tel Aviv geworden, der, statt in Kaffeehäusern und vor den Mikrophonen der Presse zu brillieren, in einem der städtischen Parks für Ordnung und Sauberkeit sorgte.

In Warschau kochte währenddessen die Gerüchteküche. Unter den Bekannten und Kollegen kursierte der Zweizeiler: »To ci heca / nie ma Leca« – was so viel wie »Was für ein Gag! / Der Lec ist weg« bedeutet –, und diejenigen, die ihn weitersagten, konnten ihre Genugtuung nicht verbergen: Die einen freuten sich, dass jemand, der noch vor kurzem als Aushängeschild des Regimes galt, diesem plötzlich ein Schnippchen geschlagen hatte. Und die anderen rieben sich die Hände, dass ausgerechnet er, der in der Vergangenheit so gern Bosheiten und Sticheleien verteilt hatte, jetzt selbst zur Zielscheibe von Spöttern wurde. Es gab allerdings auch solche, die schockiert oder gar wütend reagierten.

Jan Wyka: *Es wollte mir nicht in den Sinn, dass ein polnischer Dichter, der so stark assimiliert, so weit von der Religion und Kultur seiner Vorfahren entfernt war, sich dazu entschließen konnte, unter einem fremden, sich unter großen Konflikten konsolidierenden Volk zu leben – einem Volk, das versuchte, das altertümliche religiöse Ritual und die Erneuerung der archaischen Sprache miteinander zu verbinden, die Elemente der europäischen Kultur und Zivilisation mit der überlieferten hebräischen Tradition zu vereinen. Wie muss er sich in diesem glühenden Wüstentiegel gefühlt haben, wo viele Nationalitäten jüdischer Herkunft bzw. Juden aus verschiedenen Regionen ihre alten Sprachen, die jiddische oder die sephardische, und ihre nationale Identität zugunsten der nationalistischen Einheit aufgaben. Ich habe die Israelis oder die Hebräer niemals für Juden gehalten. Das ist eine ethnisch und national völlig andere Kategorie.*

Ob Lec auch zu diesem Schluss gekommen war, ist nicht bekannt, auf jeden Fall beschloss er nach nur zwei Jahren, Israel wieder den Rücken zu kehren. Er hatte gehofft, in diesem Land eine neue Heimat zu finden, doch seine Erwartungen hatten sich nicht erfüllt. Im Gegensatz zu seiner Frau, die dort zahlreiche Verwandte hatte – zu denen auch Mordechai Tsanin, Schriftsteller und enger Freund Isaac B. Singers, gehörte –, war er nicht imstande, sich in der neuen Umgebung zu assimilieren. Das extreme Klima und die körperliche Arbeit, an die er so gar nicht gewöhnt war, die Entfernung von Europa und vor allem die Trennung von Polen und allem, was sich zu seinem dortigen Alltag zusammengesetzt hatte, machten ihm zu sehr zu schaffen.

Lec mit Freunden in Nazareth (1952)

Die Konsequenz: Seine Frau blieb mit der Tochter in Israel, er fuhr mit dem Sohn nach Polen zurück.

Karl Dedecius: *Aus Israel floh er, weil niemand seiner Arbeit Beachtung schenkte, niemand seinen Kopf brauchte, nur seine Hände.*

Unmittelbar nach seiner Ankunft in Warschau – über deren Umstände er niemals sprechen wollte – wurde Lec zur Strafe für seine zweijährige »Abtrünnigkeit« mit striktem Schreibverbot belegt, und um ihn entstand ein Vakuum. Bekannte taten so, als würden sie ihn nicht wiedererkennen; Freunde versuchten ihm aus dem Weg zu gehen. So kam es ihm zumindest vor, und möglicherweise war es in einigen Fällen tatsächlich nur Einbildung, zumal manche von seiner Eskapade erst jetzt, im Jahr 1952, von ihm selbst erfuhren und oft völlig überrascht waren. Einige sagten ihm auch ohne Umschweife ihre Meinung.

Jan Wyka: *Unter anderen Umständen hätte er es vielleicht für eine Beleidigung gehalten, doch in diesem Fall war er überhaupt nicht gekränkt – so glücklich war er darüber, dass er endlich aus diesem Schlamassel rausgekommen war und den polnischen Boden wieder fest unter den Füßen spürte.*

Die erste Unterkunft fand er bei Jan Śpiewak und Anna Kamieńska, dann mietete er ein Zimmer in Pruszków bei Warschau. Erst nach einiger Zeit gelang es ihm, eine Wohnung direkt in der Stadt zu finden – und gleichzeitig zum zweiten Mal eine Familie zu gründen. Er heiratete Krystyna Świętońska, seine ehemalige Sekretärin von der Botschaft in Wien, mit der er bald einen zweiten Sohn, den 1955 geborenen Tomasz, bekam. Diesmal war es der Beginn eines glücklichen Familienlebens, dennoch hatte er es in dieser Zeit nicht leicht: Er war weiterhin mit Schreibverbot belegt, seine Familie hatte oft nicht genug zu essen, sein Sohn musste in einem Kinderhort untergebracht werden. Trotzdem fiel etlichen Bekannten auf – etwa der Dichterin und Kinderbuchautorin Joanna Kulmowa, die damals dasselbe kleine Café in der Ujazdowski-Allee frequentierte, in der Lec manchmal mit seinen Freunden Śpiewak und Kamieńska saß –, dass er weiterhin eine seltsame Zufriedenheit ausstrahlte.

Joanna Kulmowa: *Er lächelte, denn er hatte die deutsche Besatzung und den sowjetischen Alptraum überstanden – die Verfolgung, die Provokationen, die Kälte, den Hunger, die Kämpfe an der Front und im Wald. Er lächelte, denn er war nach Israel ausgewandert, wie er es gewollt hatte, und er war zurückgekehrt, wohin er gewollt hatte. Und er musste nicht widerliche Dinge schreiben und Fußtritte verteilen, wie manch einer, der sich noch vor kurzem als sein Freund bezeichnet hatte. Er musste es nicht, denn er durfte es nicht – also war er frei. Auf eine paradoxe Weise frei. Freibaron de Tusch-Lec.*

Wer ihn gut kannte, den überraschte seine Haltung nicht. Der wusste, dass er zu den Menschen gehörte, denen es in allen Lebenslagen am wichtigsten war, sich selbst treu zu bleiben.

Salomon Łastik: *Der lächelnde, gutmütige Lec konnte sich in einen Löwen oder Adler verwandeln, wenn es um prinzipielle Fragen ging. Er kannte keine Furcht. Allein seine Flucht aus einem Todeslager und die Tatsache, dass er nach dem Verlassen des diplomatischen Postens in Wien nach Polen zurückkehrte, und dazu noch zu einem Zeitpunkt (das Jahr 1952!), als diese Rückkehr besonders gefährlich war, zeugen davon, dass bei ihm der Mut der Gedanken mit dem Mut der Taten einherging.*

Später, in den Jahren des Ruhms, hatte Lec manchmal selbst die Gelegenheit, der Öffentlichkeit zu erklären, wie wichtig ihm seine persönliche Freiheit war. Noch zwei Monate vor seinem Tod, als er anlässlich seines Geburtstages mit einigen Journalisten sprach, legte er unmissverständlich seinen Standpunkt dar.

Aus einem Interview:

Frage: *Welche Werte schätzen Sie im Leben am meisten?*
Antwort: *Ich kam seinerzeit bei dem ersten Wort der Losung der Französischen Revolution ins Stottern:* liberté, liberté, liberté. *Und daran wird sich wohl nichts mehr ändern.*
Frage: *Und in persönlichen Angelegenheiten?*
Antwort: *Auch sie sind mit diesem Begriff verbunden. Kein Mensch lebt in einem Nest, das irgendwo in den Wolken gebaut ist. Nicht einmal die Kosmonauten.*

Damals allerdings, im Jahre 1952, erforderte die Rückkehr nach Polen in der Tat besonders viel Mut: Im Lande herrschten gerade mit eiserner Hand die Stalinisten, und in seinem Fall musste Lec mit besonders harten Sanktionen rechnen, hatte er doch eigenwillig den diplomatischen Posten in Wien verlassen. Außerdem kehrte er in ein Land zurück, mit dem er die traumatischen Erinnerungen an die Kriegs- und Lagerzeit verband. Und dennoch – die Sehnsucht nach der Sprache und den Menschen war offenbar stärker gewesen.

Heimweh
Die Welt am anderen Ende
vergesse ich nie.
Wohin ich geh, mich auch wende,
suche ich sie.
Das Lachen lockte dort heller
und jeder Blick;
so eile ich immer schneller
dorthin zurück.
Ich gehe durch die Jahreszeiten
in Zuversicht,
man warte dort an den Weiden
und Eichen auf mich.
Ich muss meinen Weg vollenden.
Erlischt mein Keim –
dann sei es in Mutterhänden,
es sei daheim.

Dieses Gedicht und viele andere, die sich später zu dem Band *Jerusalemer Handschrift* zusammensetzten, brachte Lec mit, als er nach Polen zurückkam. Sie waren in Ton und Thematik ganz anders als die Lyrik, die er in Wien geschrieben hatte. Dort registrierte er genau die ihn umgebende Realität und setzte sich gleichzeitig mit der jüngsten Vergangenheit, den Jahren des Krieges, auseinander – in Form von neuen Selbstdefinitionen, aber auch in Form von allgemeinen Diagnosen. In der

Handschrift sprach er nur noch von sich, seiner Sehnsucht nach Polen, seiner Identitätskrise, dem Gefühl der Fremdheit, das Israel in ihm weckte, den Zweifeln, inwieweit dort das Schreiben überhaupt einen Sinn hatte – seine Leser waren ja anderswo. All das drückte er in dieser Sammlung aus, die er später als das lyrischste seiner Bücher bezeichnen sollte.

Die *Jerusalemer Handschrift* konnte erst vier Jahre nach seiner Rückkehr, während des »Tauwetters«, erscheinen und fand eine sehr positive Resonanz; ein Kritiker befand sogar, es sei einer der bedeutendsten Gedichtbände der modernen polnischen Lyrik. Bis dahin hatte Lec jedoch andere Sorgen: Von dem Druckverbot, dem er unterstand, waren nur Übersetzungen ausgeschlossen, die deshalb für eine Weile zu seiner Hauptbeschäftigung wurden. Er übersetzte aus dem Russischen, Ukrainischen, Weißrussischen, ja sogar Ungarischen, ohne diese Sprache auch nur im geringsten zu beherrschen, vor allem aber natürlich aus dem Deutschen.

Ich übersetzte zuerst die Epigramme von Lessing, dann Goethe, dann Heine, sogar sehr viel von Heine. Tucholsky habe ich viel übersetzt, Brecht, auch die *Mutter Courage und ihre Kinder* fürs Nationaltheater in Warschau. Von den Österreichern Trakl, Grillparzer …

… und auch Paul Celan, Ingeborg Bachmann und Gertrud Kolmar. Von den deutschen Dichterinnen schätzte er besonders Else Lasker-Schüler; er hielt ihre Liebesgedichte für die schönsten in der deutschen Gegenwartsliteratur und wollte einen Band von ihr auf polnisch herausbringen. Er hatte immer seine eigenen Auswahlkriterien, und auf die Frage nach seinen Vorlieben pflegte er zu antworten, er würde am liebsten solche Werke übersetzen, die – wenn auch auf eine andere Weise, als er es tun würde – seine eigenen Gedanken zum Ausdruck brächten.

Seine Produktivität war erstaunlich, zumal er beim Übersetzen nur langsam vorankam und manchmal wochenlang nach einem Wort oder einer Formulierung suchte. Dabei ließ er sich oft von seinen Literatenfreunden beraten.

Anna Kamieńska: *Lec war bescheiden. In der Zeit, in der er sich intensiv mit Übersetzungen befasste – und das tat er mit ausgezeichnetem Ergebnis –, kam er oft vorbei, um nach einer Redewendung zu fragen. Er holte bei uns Rat und hörte gern Kritik.*

Diese Erfahrung machte aber nicht jeder, der mit Lec' Übersetzungskunst in Berührung kam – und mancher hatte dazu bereits während des Krieges Gelegenheit gehabt. Marcel Reich-Ranicki etwa, der, wie schon erwähnt, kurz vor Kriegsende einer von Lec geleiteten Propaganda- und Übersetzungseinheit angehörte. Der erste Befehl seines neuen Vorgesetzten lautete, die von ihm stammende polnische Übersetzung eines deutschen Gedichts zu beurteilen. Er sollte prüfen, ob Lec alles richtig verstanden und übertragen hatte.

Marcel Reich-Ranicki: *Die Übersetzung war sehr gut. Um ihm aber zu beweisen, dass ich mich der Sache gewissenhaft annehme und mir die Materie nicht fremd sei, machte ich ihn auf zwei oder drei Stellen des gar nicht kurzen Gedichts aufmerksam. Sie seien zwar vorzüglich übersetzt, doch könne man sie vielleicht noch eine Spur besser machen; natürlich handle es sich bloß um Kleinigkeiten. Die Reaktion von Lec hat mich enttäuscht: Er war an meinen schüchternen Vorschlägen überhaupt nicht interessiert, er hörte mir kaum zu. Die Audienz wurde rasch beendet. Erst viel später habe ich begriffen, welches Missverständnis hier vorgefallen war. Er wollte nicht, dass ich seinen Text kontrolliere oder gar korrigiere, sondern dass ich lobe und bewundere, rühme und preise.*

Zwei Erinnerungen, die nicht unterschiedlicher sein könnten. Mag sein, dass Lec sich während des Krieges seiner soldatischen Umgebung intellektuell überlegen fühlte und es mit der ganzen Arroganz seines damaligen Alters zeigte, während er in den Fünfzigern bei seinen Bekannten weniger Rat und Kritik als freundschaftlichen Beistand suchte. Einen Gedankenaustausch. Menschliche Wärme. Es waren ja in erster Linie die persönlichen Umstände – die harmonische zweite Ehe, die Geburt eines weiteren Kindes und eben die wenigen Freunde, die zu ihm hielten –, die ihm über diese schwierige Zeit hinweghalfen.

Das unfrisierte Denken

In diesen Monaten der Isolation fing Lec an, Aphorismen zu schreiben. Durch den Krieg und das Leben in zwei Diktaturen war sein alter moralischer und politischer Kodex zerstört worden, in Israel hatte er einiges über die eigenen Grenzen gelernt, und nun, in der ungewollten Einsamkeit, konnte er vieles reflektieren und über ein neues Wertesystem nachdenken. Die ersten *Unfrisierten Gedanken* waren die Folge.

Doch auch sie durften nirgendwo erscheinen. Erst Mitte der fünfziger Jahre, während des »Tauwetters«, begann die Warschauer Presse, sie einzeln abzudrucken. Und mancher intime Kenner seines Werks hatte plötzlich das Gefühl, als wäre alles, was Lec bis dahin geschrieben hatte – Gedichte, Satiren, publizistische Schriften –, eine Vorbereitung auf diese literarische Miniform gewesen.

Schon der Titel deutete seinen neuentdeckten Sinn fürs Paradoxe an: Er deklarierte seine *Gedanken* zwar als »unfrisiert«, also chaotisch und rebellisch, aber das Genre als solches verlangte ihm höchste Konzentration und Präzision ab. Und tatsächlich bestand die Wirkung seiner Aphorismen größtenteils in der geschliffenen und kondensierten Form, in der sorgfältigen Wortwahl, die aus diesen kleinen Ein- und Zweizeilern hochpotenzierte Sinnsprüche machte.

***Jan Lec:** Mein Vater hat sein Leben lang nach einer Ausdrucksweise für seine Gefühle und Gedanken gesucht, damit sie universell und unsterblich würden. An jedem Aphorismus, den er aufschrieb, wurde so lange gearbeitet, bis sich in einem Minimum an Worten ein Maximum an Inhalt ausdrückte.*

Lec mit seiner zweiten Frau und den beiden Söhnen (1956)

Nicht zufällig wird der Aphorismus gelegentlich »das Sprichwort der Gebildeten« genannt – er soll zur Reflexion anregen, durch unkonventionelle Schlussfolgerungen überraschen und mit einer geschliffenen Pointe amüsieren. All das taten die *Unfrisierten Gedanken*, die schon nach kurzer Zeit als literarische Rarität und zugleich als eine Art politisches Barometer galten: Am Grad ihrer Schärfe konnte man erkennen, wie es gerade um die Meinungsfreiheit im Lande stand.

Der soziale Realismus hindert mich daran, an den realen Sozialismus zu glauben.

Solche und ähnliche Aphorismen verbreiteten sich von nun an in Windeseile und sorgten für ein weiteres kleines Paradoxon: Ausgerechnet Lec, der wie kein anderer für seinen Kult der Vergangenheit bekannt war, galt plötzlich als der modernste und aufregendste Literat Warschaus.

Jan Wyka: *Ich möchte sogar behaupten, dass er sich aus all diesen altmodischen Vorlieben – Aristokratie, Wien, Franz Joseph, galizische Provinz, ritterliche Tradition – ein ganzes Gerüst geschaffen hatte, um durch den scharfen Kontrast zwischen ihnen und der Gegenwart gewisse moderne Mythen zu entkräften und zu demaskieren.*

Bald war der Name Lec in aller Munde, und das Kolportieren der *Gedanken* ein neues Lieblingsspiel der Polen. Dass jemand plötzlich die Zustände reflektierte, ohne sie beim Namen zu nennen, versetzte sie in helle Begeisterung. Und auch der Autor selbst schien die eigene Verve und die schnelle Verbreitung seiner Aphorismen sehr zu genießen.

Ich denke sie, eigentlich lebe ich sie. Und sie erscheinen ständig, wöchentlich, je fünf in einer Zeitschrift in Warschau. Außerdem erscheinen sie monatlich in einer Warschauer Theaterzeitschrift. Und sie werden auch in anderen Zeitschriften gedruckt.

Obwohl ihm fast alle Warschauer Redaktionen wieder offenstanden, überließ er den Abdruck der Aphorismen am liebsten dem erst einige Jahre zuvor gegründeten Wochenblatt *Przegląd Kulturalny* (Kulturelle Rundschau), das in der »Tauwetter«-Zeit nach 1956 großes Ansehen genoss. Es konnte manchmal den Anschein haben, als hätte er sich zu dem einen oder anderen *Gedanken* durch das aktuelle Geschehen inspirieren lassen. In Wirklichkeit aber waren es oft die Redakteure von *Przegląd*, *Świat* (Die Welt), *Po prostu* (Geradeheraus), *Dialog* oder einem anderen Blatt, die aus dem ihnen zugänglichen Vorrat das Passende auswählten, zumal sie in der Regel darauf Rücksicht nehmen mussten, dass ein Aphorismus, der eine politische Anspielung enthielt, nur dann in den Augen des Zensors Gnade fand, wenn die Pointe in eine zeitlose Hülle verpackt war.

Schrecklich sind die Schwächen der Gewalt.

Trotz solcher Einschränkungen hatten die Aphoristiker jener Zeit keinen Grund, sich zu beklagen: Nach den Jahren des »sozialrealistischen« Schematismus herrschte in der polnischen Literatur wieder ein offeneres Klima, in dem ihr Genre gut gedeihen konnte. Die Lyrik bemühte sich um Originalität und zugleich um extreme Sparsamkeit der Ausdrucksmittel, die Prosa entdeckte die Ironie und Groteske, die Satire feierte Triumphe. Das Publikum war nach kürzester Zeit im Dechiffrieren der aktuellen Bezüge so geübt, dass es von den Satirikern ständig ein verschwörerisches Augenzwinkern erwartete – was allerdings nicht bedeutet, dass die Zensoren immer darauf hereinfielen. Ganz im Gegenteil: Es passierte immer wieder, dass von deren Seite ein unwiderrufliches Veto kam.

Andererseits war es eben die Zensur, die durch die Lockerung ihres Griffs die Phantasie der Kulturschaffenden anregte. Ende der fünfziger Jahre durften erstmals die Dramen von Witold Gombrowicz aufgeführt werden, und um 1960 setzte die Blütezeit des polnischen absurden Theaters ein. Von nun an konnten Dramatiker wie Tadeusz Różewicz und Sławomir Mrożek dem polnischen und bald auch dem westeuropäischen Publikum zeigen, wie man mit Mitteln der Groteske, Parodie und Verfremdung auf die Deformation der Realität reagierte.

> Ich hatte den Glauben an das Wort verloren. Die Zensur gab ihn mir wieder.

Die neue Tendenz, auf die politischen Zustände mit Humor zu reagieren, machte sich nicht nur in geschriebener Form bemerkbar – sie brachte auch mehrere erfolgreiche Kabaretts und Kleinkunstbühnen hervor: das Warschauer Kabarett »Stańczyk« (Hofnarr), das als erstes »Tauwetter«-Kabarett galt, das Danziger Studententheater »Bim-Bom« oder das bis heute existierende Krakauer Kabarett »Piwnica Pod Baranami« (Keller zu den Widdern), dessen Programme – eine Mischung aus Lyrismus und Satire, die, um mit Lec zu sprechen, »töten, aber nicht verletzen« sollte – von Anfang an begeistert aufgenommen wurden.

In dieser leicht überhitzten Atmosphäre neigte man schnell dazu, in das Werk jedes Autors, der einen auch nur ansatzweise kritischen Blick auf das Regime erkennen ließ – in die abstrakt-absurden Geschichten von Sławomir Mrożek genauso wie in die realistischen Erzählungen von Marek Hłasko –, politische Inhalte hineinzuinterpretieren. Und erst recht in Lec' Aphorismen, die *per definitionem* einen weltdiagnostischen Charakter hatten.

Man bezeichnet mich sehr oft als einen Politiker. Ich betrachte mich aber nicht als Politiker, ich kam ja nicht zur Politik, sondern die Politik kam an mich heran.

Es war tatsächlich nicht Lec' Anliegen, sich direkt in die Politik einzumischen, es war nur wieder einmal eine politisch extreme Situation, mit der er sich konfrontiert sah – wie in den Dreißigern, als »ein gewisser Brauner« an die Macht kam, oder in den Vierzigern, als der Zweite Weltkrieg das alte Europa wegfegte.

Diesmal war das kommunistische Regime sein Gegner oder besser: Gegenstand seiner kritischen Betrachtung. Denn er überließ, wie gesagt, den politischen Kampf den anderen und zog sich lieber auf die Position eines der Politik grundsätzlich skeptisch gegenüberstehenden Beobachters zurück.

Politik: Derby trojanischer Pferde.

Da er aber in einem Land lebte, in dem ihr niemand ganz entfliehen konnte, befasste er sich mit ihr, indem er oft mit den Begriffen Staat, Macht, Freiheit, Gewalt, Gesellschaft oder Individuum jonglierte.

Charaktere sind unzerbrechlich – aber dehnbar.

Dass sich vieles davon auch auf die Zustände in Polen bezog, verstand sich für die Leser von selbst. Die meisten seiner Schriftstellerkollegen gingen auf die politische Situation ebenfalls in verhüllter Form ein (eine offene Opposition formierte sich erst nach 1968), doch hatte Lec dazu die besseren Mittel zur Verfügung. Er konnte in seinen Aphorismen riskante Fragen stellen, er konnte tadeln und provozieren – der Vorwurf der Regimefeindlichkeit war durch das Argument der Allgemeingültigkeit immer zu entkräften.

Aus einer Reihe von Nullen macht man leicht eine Kette.

Lec' aphoristische Begabung schien in der Tradition des talmudischen Gedankenguts verankert. Dies äußerte sich nicht nur in vielfachen Bezügen zu den Spruchweisheiten der religiösen Schriften des Judentums, sondern auch in der Thematik seiner *Gedanken.* Sie differenzierte sich, wie Karl Dedecius später treffend feststellte – ähnlich der Mischna, der Grundschrift des

Talmuds – in sechs Themenkreise: Religion, Sitte, Staat, Macht, Wahrheit und Recht. Davon ließen sich unzählige untergeordnete Themen ableiten: Literatur, Kunst, Zukunft, Kontinuität der Kultur oder Verführbarkeit des Menschen. Und obwohl Lec sich von der Politik distanzierte, waren viele seiner Sinnsprüche freilich durch die ihn unmittelbar betreffenden politischen Realien diktiert. Er geißelte das Pathos der Amtssprache und die Leere der Politikerreden:

> Am Anfang war das Wort, am Ende die Phrase.

Er zeigte sich skeptisch gegenüber dem westlichen Materialismus, dem er den Idealismus des Ostens entgegenstellte:

> Ex oriente lux, ex occidente luxus.

Er kämpfte gegen die Zensur, Einschränkung der Pressefreiheit und falsche Geschichtsschreibung:

> Die weißen Flecken sind von den Landkarten verschwunden. Sie siedelten in die Geschichtsbücher über.

Gegen politische Mystifikationen:

> Freiheit kann man nicht simulieren.

Gegen falsche Hoffnungen:

> Noch einmal von vorn anfangen. Doch wie vorher aufhören?

Und hinter all dem stand eine einzige leidenschaftliche Verteidigung der Menschlichkeit, eine permanente Aufforderung, den Geist gegen die Gewalt einzusetzen, den Mitmenschen in jeder Situation als ein gleichberechtigtes, freies Individuum anzusehen.

> Alles sollte man dem Menschen opfern. Nur nicht den Menschen.

Lec schuf in seinen Aphorismen eine Welt, in der dank seiner geistreichen Sprachoperationen manches Paradoxon der menschlichen Existenz offengelegt wurde. Dabei stellte er unentwegt seine enorme, fast universale Bildung unter Beweis – exzellente Kenntnisse des Alten und Neuen Testaments, der Naturwissenschaften, der Geschichte und Literatur. Es machte ihm sichtlich Spaß, mit jüdischen Redensarten, osteuropäischen Sprichwörtern, lateinischen Maximen und orientalischen Weisheiten zu jonglieren, wissenschaftliche Kategorien und Thesen einzubeziehen und in Frage zu stellen, für alte Sagen und Mythen neue Pointen zu erfinden oder auf seine Beherrschung mehrerer Fremdsprachen zurückzugreifen und dabei neue Worte zu kreieren.

Jan Śpiewak: *Außer Deutsch sprach er Englisch, Französisch und Russisch und war ein ausgezeichneter Kenner der europäischen Kultur. Ich weiß nicht, in welchen Jahren er sich mit der Philosophie befasst hatte, aber aus den Gesprächen mit ihm und aus den* Unfrisierten Gedanken *ging deutlich hervor, dass die Fragen der modernen Philosophie ihm nicht fremd waren.*

Die *Unfrisierten Gedanken* erschienen erstmals in Buchform im Jahre 1957. Allerdings durfte in diesen Auswahlband des Krakauer »Literarischen Verlags« nur ein kleiner Teil dessen eingehen, was bis dahin in der Presse erschienen war – worauf Lec in einem Interview mit der eleganten Bemerkung hindeute-

Die polnische Erstausgabe der
Unfrisierten Gedanken

te, er könne nicht den Anspruch erheben, der einzige Verfasser des Buches zu sein. Die gesamte Auflage war über Nacht ausverkauft, und für Lec begann eine neue Zeit: Das Schreibverbot war aufgehoben, und er genoss erneut die Gunst der Behörden. Sie griffen auch wieder gern auf seine exzellenten Deutschkenntnisse zurück, indem sie ihn an mancher offiziellen Reise teilnehmen ließen. So wurde er im Sommer 1957 mit einer Delegation des Schriftstellerverbandes in die DDR geschickt. Die ostdeutschen Gastgeber waren von seiner Sprachbeherrschung außerordentlich beeindruckt – er kannte sich sogar in einigen Dialekten aus –, und mancher mitreisende Kollege empfand seine Anwesenheit als Bereicherung.

Leopold Lewin: *Eine wunderschöne Erinnerung ist mir von der gemeinsamen Eskapade ins hügelige Thüringen geblieben. Weimar mit Spuren von Goethe, Schiller und List. Eisenach mit der Wartburg, auf der Wettbewerbe der Troubadours stattgefunden haben. Ilmenau, wo wir zu Goethes Häuschen hochkletterten und, am Ziel angelangt,* Über allen Gipfeln ist Ruh *rezitierten. Die herrliche Kathedrale von Erfurt, Schlösser, alte Häuser und Mauern. Thüringen ist ein wunderschönes Land, und wenn man es mit Stanisław Jerzy Lec besuchte, hinterließ es einen besonders unvergesslichen Eindruck. Wir machten auch einen Abstecher ins Harzgebirge, wo uns der Geist von Heine begleitete, den wir beide pietätvoll übersetzt hatten.*

Lec zeigte seine Affinität für Heine nicht nur durch die Übersetzung von dessen Gedichten, sondern auch, indem er seine Aphorismen *Unfrisierte Gedanken* nannte. Es war nämlich Heines ironische Bemerkung über »schön gekämmte, frisierte Gedanken«, an die er seinen Titel anlehnte. Er war gut gewählt, zumal Lec auch sonst dem deutschen Dichter in vielerlei Hinsicht nahestand: Beide hatten den gleichen politischen Scharfblick, einen Hang zur Ironie, einen glasklaren, geschliffenen Stil und die Neigung, die Welt zugleich mit einem lachenden und einem weinenden Auge zu sehen. Beide verstanden sich als Lyriker, die lediglich von dem jeweiligen Zeitgeschehen gezwungen wurden, sich der Satire zuzuwenden – nur dass Heine vor allem als Lyriker in die Literaturgeschichte einging, während Lec sich mit dem Hauptetikett »Satiriker« begnügen musste.

In dieser Zeit der großen »gedanklichen« Produktivität fing er auch wieder an, Epigramme zu schreiben. Er wollte an den Augenblick vor zwanzig Jahren anknüpfen, in dem er, wie er selbst gern erzählte, seinen ersten gereimten Vierzeiler direkt in die Maschine geschrieben hatte:

Kleinigkeit
»Ein Epigramm zu schreiben«, sagte eine Gewitzte,
»dazu gehört doch nicht viel!«
Sie setzte sich hin, hustete, schwitzte
und schrieb – ein Trauerspiel.

Allerdings versuchte er diesmal, das Epigramm maximal zu verkürzen, manchmal nur auf vier Worte zu reduzieren.

Vielweiberei
Wie die Hormone,
so der Mormone.

Er war stolz auf diese Knappheit, außerdem genoss er die Schnelligkeit, mit der ihm die kleinen Scherzgedichte einfielen.

Das Leben eines Epigrammatikers ist sehr leicht. Man möchte fast sagen: leicht wie ein Epigramm. Dazu braucht man nur einen Notizblock und einen Füller. Sobald man in finanziellen Nöten ist, schreibt man ganz schnell zwei, drei Epigramme, schickt sie an die Redaktion, die Redaktion schickt postwendend einen Scheck, und fertig. Man könnte das noch vervollkommnen, indem man sich einen Notizblock in Form eines Scheckheftes anschafft.

Als 1959 die Bände *Aus tausend und einem Epigramm* und *Ich spotte und frage nach dem Weg* erschienen, hatte das polnische Publikum endgültig ein neues Idol, dessen Werke es verschlang und über dessen Leben es möglichst viel erfahren wollte.

Aus einem Interview:

Frage: *Welche Zahl bevorzugen Sie?*
Antwort: *Nicht ich sie, sondern sie mich. Es ist die Zahl 22.*
Frage: *Könnten Sie etwas Näheres dazu sagen?*
Antwort: *Meine Beinahe-Erschießung in Tarnopol fand am 22. Juli 1943 statt. Meine Kinder wurden an einem 22. geboren. Die meisten meiner Häuser hatten die Nummer 22. Und außerdem, Verehrte, welchen Tag haben wir heute?*
Frage: *Den 22. März. Sie halten es nicht für einen Zufall?*
Antwort: *Sie sehen doch selbst: Unser Treffen wollte nie zustande kommen, und heute ging es ganz leicht.*

Die enorme Beliebtheit der *Gedanken* rief auch eine Menge Nachahmer auf den Plan.

Jan Śpiewak: *Manche von ihnen sind sogar recht geschickt. Doch um mit Lec und seinen Aphorismen wetteifern zu können, muss man in gleichem Maße wie er ein Dichter sein. Denn die* Unfrisierten Gedanken *sind ja kleine Poeme, in denen sich durch die Spannung der Metapher und die Klarheit des Ausdrucks ganz und gar dichterische Qualitäten entwickeln.*

Die Leser waren von diesen Qualitäten so beeindruckt, dass sie ständig nach neuen Aphorismen verlangten, und Lec kam dieser Forderung gern nach. Dennoch behauptete er, sich niemals zu wiederholen, und als ihn einmal jemand fragte, ob er vielleicht, um eben dies zu vermeiden, eine Kartei führe, antwortete er mit ernstem Gesichtsausdruck, ja, er habe im Kopf eine komplette Liste seiner *Gedanken*.

In Wirklichkeit ließe sich leicht nachweisen, wie oft darin bestimmte Motive oder Thesen wiederkehrten: Zum einen, weil Lec für alles, was zu seinem Reservoir gehörte – vom biographischen Hintergrund über die umfassende Bildung bis zum Sinn fürs Absurde – eine bestimmte Ausdrucksform bevorzugte: die der Anspielung, die ihrerseits auf ähnlichen, in bestimmten Situationen wiederkehrenden Assoziationen basierte. Und zum anderen, weil seine Arbeitsweise alles andere als systematisch war.

Karl Dedecius: *Ich vermute, dass Lec, wie viele Genies, mit seinem Zettelkram nicht sehr gut zurechtkam. Sudelhefte, Zettel, Schnipsel, beschriebene Kaffeehausservietten lagen verstreut herum, wiederholten, parodierten sich gegenseitig, hoben sich gegenseitig auf – am Ende wusste man nicht recht, aus welcher Zeit welcher Zettel stammte und ob er nur eine Variante oder eine Korrektur enthielt.*

Was die »Nachahmer« in Polen und anderen Ostblockländern betrifft, so bestand zwischen ihnen und Lec schon deshalb eine Ähnlichkeit, weil sie aus demselben Kulturkreis kamen und unter den gleichen politischen Umständen lebten. Manchmal allerdings sorgte diese Ähnlichkeit für richtige Überraschungen, so im Falle von Gabriel Laub, dem nach Lec erfolgreichsten osteuropäischen Satiriker. Er hatte zwar eine eigene Handschrift, seine Aphorismen waren von einer heitereren Tonlage, im übrigen aber gab es zwischen den beiden erstaunliche Parallelen.

Gabriel Laub: *Meine Bekanntschaft mit Lec begann damit, dass ich ihn vor zwanzig Jahren bestohlen habe. Ich hatte damals in Prag einige Aphorismen geschrieben, gab ihnen den Titel* Unfrisierte Gedanken, *und so erschienen sie in einer Zeitschrift. Dann wurden sie von einer polnischen Zeitung abgedruckt, und ich wunderte mich über die schlichte Überschrift:* Aphorismen. *Die erste war ja viel besser.*
Natürlich hatte ich nicht bewusst geklaut.

Dann habe ich Lec für tschechische Zeitungen übersetzt.
Eines Tages, im November 1960, klingelte bei mir das Telefon, und am anderen Ende der Leitung war Lec. Ich fragte noch mit zittriger Stimme: »Stanisław Jerzy Lec?« und rannte zum Hotel »Alcron« wie ein Teenager zum Stelldichein mit einem Filmstar – obwohl ich damals schon ein 32jähriger und ziemlich abgebrühter Journalist und Satiriker war. Gleich bei diesem ersten Gespräch berichtete ich ihm von dem ungewollten geistigen Diebstahl. Lec lächelte gütig, er war zufrieden. Aphoristiker sind im Grunde froh, wenn man sie plagiiert oder ohne Namensangabe zitiert.

Natürlich schöpfte Lec seinerseits aus dem Werk der Vorgänger, und zwar sowohl aus dem der europäischen Klassiker der Gattung, La Rochefoucauld, Pascal, Swift oder Jean Paul, um hier nur einen der deutschen Namen zu nennen, als auch aus den Texten der Koryphäen des polnischen Aphorismus, von Ignacy Krasicki, einem der wichtigsten Autoren der polnischen Aufklärung, aus dessen Feder Satiren, Fabeln, Parabeln und Komödien geradezu sprudelten, über Adolf Nowaczyński, eine der schärfsten Zungen des Jungen Polen, bis zu den Philosophen Stanisław Brzozowski und Henryk Elzenberg, den geistigen Ziehvätern vieler polnischer Dichter der Kriegsgeneration.

Wiktor Woroszylski: *Und doch besteht zwischen Lec und seinen Vorgängern ein großer Unterschied. Der klassische Aphorismus drückt eine abstrakte Weisheit aus – sein Aphorismus ist die Frucht einer konkreten Weisheit, der historischen Erfahrung einer Nation oder sogar mehrerer Nationen. Ein »goldener« Gedanke ist oft anonym – ein »unfrisierter Gedanke« ist von der Persönlichkeit seines Autors, von dessen lyrischem Ich geprägt. Ein Paradoxon jedes früheren Meisters überrascht und amüsiert – Lec' Paradoxon erschüttert durch seine unwiderlegbare, oft grausame Treffsicherheit.*

Lec im Café des Polnischen Schriftstellerverbandes
(Ende der fünfziger Jahre)

In einem Punkt aber unterschied er sich gewiss nicht von seinen Vorgängern: Genau wie sie glaubte er zum einen an die erzieherische und moralisierende Aufgabe der Satire und zum anderen an den menschlichen Verstand und an das Gute im Menschen – aller historischen Erfahrung zum Trotz, die sich in seinen Aphorismen spiegelte. Nicht zufällig gab er einem seiner späteren Gedichtbände den Titel *An Abel und Kain.* Der biblische Brudermord als Synonym des Bösen, das der Mensch seinem Nächsten immer wieder antut, galt in seinen Augen als das höchste Verbrechen. Gleichzeitig aber wollte er den Glauben an die Möglichkeit eines Neubeginns nicht aufgeben. Die Monate, in denen er seine ersten Aphorismen schrieb, waren nicht nur die Zeit des politischen »Tauwetters«. Es war immer noch, mental wie kulturell, eine Art Stunde Null.

Der Ruhm zieht immer weitere Kreise

Allmählich wurden die *Unfrisierten Gedanken* auch im Ausland bekannt. Sie erschienen in diversen Blättern im Westen, wurden aber gleichzeitig, mal in gedruckter Form, mal per Mundpropaganda, in anderen Ostblockländern kolportiert – sehr zur Genugtuung des dortigen Publikums, das sie, nicht anders als die Polen, gern auf das kommunistische System allgemein oder auf die Zustände im eigenen Land bezog.

Sesam, öffne dich – ich möchte hinaus.

Dieser Aphorismus war Auftakt der deutschen Erstausgabe, die angeblich 1959 erschien (obwohl vieles auf 1960 hindeutet) und dem damals noch kaum bekannten Karl Dedecius zu verdanken war. Er hatte gerade seine erste Anthologie der polnischen Lyrik, *Lektion der Stille*, herausgegeben und war auf der Suche nach neuen literarischen Raritäten. Dem Aphoristiker Lec war er bereits seit längerer Zeit auf der Spur.

Karl Dedecius: *Als ich in den fünfziger Jahren die polnische Presse zu lesen begann, fielen mir in den Zeitschriften hier und da verstreute Aphorismen auf, die sich* Unfrisierte Gedanken *nannten. Ich war fasziniert von der Präzision ihrer Formulierung, der Trefflichkeit der Beobachtung und der Definitionen, von der Poesie ihrer Bilder. Ich begann sie zu sammeln und nach ihrem Erfinder zu fahnden. Er meldete sich aus Warschau, beantwortete meine polnisch geschriebenen Briefe auf deutsch, erwies sich als überzeugter Sozialist und titulierte mich, den fremden Briefpartner, unbeirrbar monarchistisch: »Wohlgeborener Herr«.*

Am Anfang glaubte ich, es sei eine Spitze des Satirikers, aber dann ging mir auf, dass es wehmütiger Ernst war, Reminiszenz an eine verschüttete Welt, deren Abglanz dieser freundlich militante Dichter immer noch mit sich herumtrug.

Schon bald bekam Dedecius die Gelegenheit, den so geknüpften Kontakt zu vertiefen. Im Herbst 1959 erhielt er nämlich eine Einladung der Polnischen Akademie der Wissenschaften und fuhr zum ersten Mal seit dem Krieg nach Polen. In Warschau war er Gast bei Lec, der zusammen mit seiner Familie in einer Dreizimmerwohnung an einem schönen, ruhigen Platz am Rande der Altstadt lebte und der ihn bei dieser persönlichen Begegnung erneut überraschte: Er sprach ein perfektes Wienerisch, und über seinem Schreibtisch hing ein Bild Kaiser Franz Josephs.

Karl Dedecius: *Zwar hatte der ehemals weiße Bart, der nun eigelbfarben getönt war, unter der Sonneneinwirkung einiges an Farbigkeit eingebüßt, doch die Würde seiner Apostolischen Majestät – der letzten, die sich König von Jerusalem nennen durfte – hatte in der karmesinroten Uniform nicht im mindesten gelitten.*

Wie sich schnell zeigte, war der österreichische Monarch auch Lec' bevorzugtes Gesprächsthema, und er schien – auf seine unnachahmliche, scherzhaft-selbstironische Weise – Wert darauf zu legen, für dessen letzten persönlichen Untertan gehalten zu werden. Was Dedecius damals noch nicht wusste: Lec gab diese seine Schwäche in Interviews und Gesprächen offen zu, woraufhin er aus ganz Polen Münzen, Medaillen und sonstige Andenken an sein habsburgisches Idol zugeschickt bekam.

 Manche halten Franz Joseph für mein Hobby, während mein Kult dieses Kaisers vollkommen ernst gemeint ist. Ich suche gerade nach zwei Abbildern von ihm – auf dem einen ist er in einer Uniform aus der Jugendzeit in der Farbe Blütenweiß zu sehen und auf dem anderen in einer aus den späteren Jahren in Husarenblau. Ich möchte sie in meinem Zimmer aufhängen und bin sicher, dass ich sie nie wieder werde abnehmen müssen. Ich hoffe, dass sich im treuen Krakau jemand findet, der sie mir schickt.

Von Karl Dedecius sollte er übrigens später Manschettenknöpfe bekommen, die aus alten Münzen mit dem Abbild des Kaisers gefertigt waren und die er bis zuletzt mit feierlicher Freude und ostentativem Stolz trug.

Über seine Kindheit in Wien sprach er bei dieser ersten Begegnung sehr gern, von seinen traumatischen Kriegserlebnissen hingegen wollte er nichts erzählen. Er ließ sich auch nicht zu einer Diskussion über die politische Situation in Polen bewegen. Nichtsdestoweniger behielt ihn Dedecius als einen charmanten Gastgeber und interessanten Gesprächspartner in Erinnerung.

Karl Dedecius: *Wir tranken einen Muskateller vom Heiligen Berg Sinai, die letzte Flasche, wie Lec sagte, die er aus Israel mitgebracht hatte, waren zunächst etwas scheu und versuchten, einander kennenzulernen. Lec war leicht korpulent, stattlich, das ruhige großflächige Gesicht trug Gelassenheit und Freundlichkeit, die stark gebogene Nase ließ nicht an einen Raubvogel, sondern an einen Spaßvogel denken, und die klaren, hellblauen Augen strahlten Scharfsinn und Güte aus. Es war ein gastfreundlicher Abend und ein gutes Gespräch.*

Von dem Autor also nicht minder angetan als von seinen Aphorismen, beschloss Dedecius nach seiner Rückkehr nach

Deutschland, eine Ausgabe der *Unfrisierten Gedanken* auf den deutschen Buchmarkt zu bringen. Er setzte seine Überredungskunst im Münchener Hanser Verlag ein, wo er anfangs auf große Skepsis stieß, schließlich aber doch Erfolg hatte. Auf Lec' zustimmende Antwort musste er nicht lange warten.

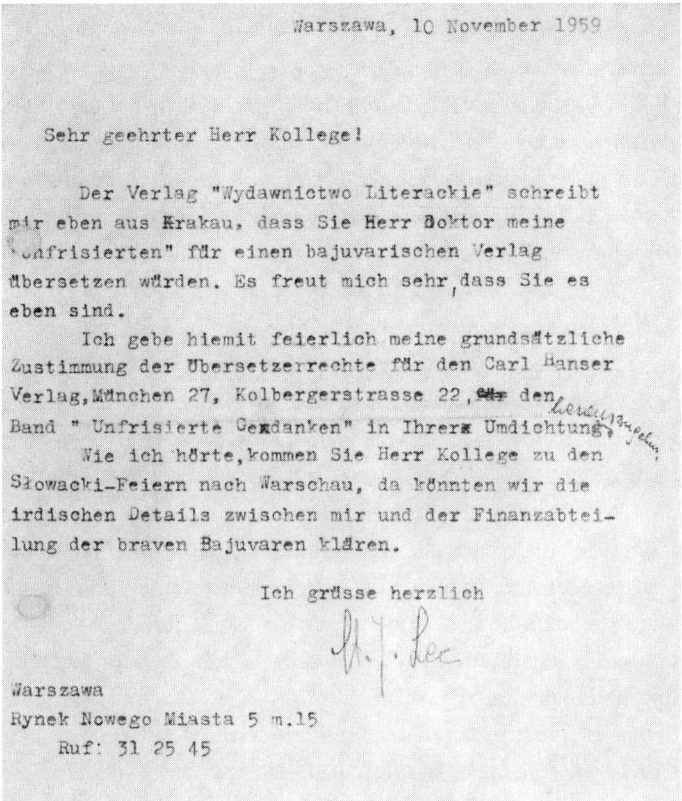

Warszawa, 10 November 1959

Sehr geehrter Herr Kollege!

Der Verlag "Wydawnictwo Literackie" schreibt mir eben aus Krakau, dass Sie Herr Doktor meine "Unfrisierten" für einen bajuvarischen Verlag übersetzen würden. Es freut mich sehr, dass Sie es eben sind.

Ich gebe hiemit feierlich meine grundsätzliche Zustimmung der Übersetzerrechte für den Carl Hanser Verlag, München 27, Kolbergerstrasse 22, den Band " Unfrisierte Gedanken" in Ihrer Umdichtung herauszugeben.

Wie ich hörte, kommen Sie Herr Kollege zu den Słowacki-Feiern nach Warschau, da könnten wir die irdischen Details zwischen mir und der Finanzabteilung der braven Bajuvaren klären.

Ich grüsse herzlich

St. J. Lec

Warszawa
Rynek Nowego Miasta 5 m.15
Ruf: 31 25 45

Trotz des grundsätzlichen Einvernehmens sollte noch einige Zeit vergehen, bis man sich über die Form und vor allem über den Umfang des Buches einig war. Die Erwartungen des Verlags waren zunächst sehr gering. Er bezweifelte immer noch, dass die

Aphorismen, eine Gattung, deren Glanzzeit im deutschsprachigen Raum mit Karl Kraus und Kurt Tucholsky zu Ende gegangen war, viele Leser finden würden, und beabsichtigte, nur einen kleinen Band herauszubringen. Dedecius hingegen war von Lec' *Gedanken* so hingerissen, dass er dem Publikum möglichst viele davon präsentieren wollte.

Karl Dedecius: *Ich war vielleicht etwas gutgläubig, erst kurze Zeit in Deutschland (als Spätheimkehrer), und da ich bei Jean Paul gelesen hatte: »Sprachkürze gibt Denkweite« und dies auch bei vielen anderen Deutschen wie Friedrich Schlegel bestätigt fand, hatte ich eine optimistische Vorstellung von der Auffassungsgabe des deutschen Lesers.*

Gewiss kannte Dedecius auch Theodor Fontanes Formulierung, ein guter Aphorismus sei die Weisheit eines ganzen Buches in einem einzigen Satz, und ebenso Friedrich Nietzsches Hochschätzung der Aphorismen als »Formen der Ewigkeit«. Er wusste aber bestimmt auch, dass Friedrich Schlegels Versuch, den Aphorismus in Deutschland salonfähig zu machen – mit der Sammlung *Fragmente*, die 1798 in der von ihm und August Wilhelm herausgegebenen Literaturzeitschrift *Athenaeum* erschien –, auf sehr widersprüchliche Reaktionen gestoßen war. Schiller etwa hatte eindeutig ablehnend reagiert, während Goethe der Gattung durchaus Tiefe und Ernst bescheinigte. Dedecius muss sich also dessen bewusst gewesen sein, dass auch die Meinungen zu Lec' *Unfrisierten Gedanken* konträr ausfallen konnten. Trotzdem ließ er sich in seinem Optimismus nicht beirren, zumal er bei der Vorbereitung der deutschen Ausgabe volle Unterstützung des Autors hatte.

Brief an Karl Dedecius:

Warschau, 8. Februar 1960

Lieber Herr Karl!

Ich hatte im Januar mehrere Autorenabende, unter anderem in Ihrem Lodz, deswegen antworte ich erst heute.

Ja, ja, es sind inzwischen recht viele meiner Aphorismen in den Zeitschriften erschienen. Ich dachte, Sie würden die Przegląd Kulturalny *erhalten. Ich klebe jede neue gedruckte Folge der* Gedanken *in ein Heft (wie viel Mobilisierung meines gelähmten Willens verlangt mir doch diese Anstrengung ab!). Wenn Sie es also unbedingt brauchen, kann ich Ihnen das Heft schicken, wobei ich es natürlich zurückhaben möchte.*

Ich habe gesehen, dass meine Gedanken *auch bei Euch in Zeitschriften und außerdem in anderen Übersetzungen erscheinen. Neulich hat die Prager* Svetova Literatura *eine sehr schöne Auswahl in ihrer Dezemberausgabe (mit meinem Foto und Lebenslauf) abgedruckt. Auch die Jugoslawen bringen ab und zu eine Übersetzung.*

Doch genug von mir. Ich beneide Sie um Ihre Fähigkeit, systematisch zu arbeiten, und um Ihr Organisationstalent. Beide Eigenschaften sind mir völlig abhanden gekommen – oder vielleicht besaß ich sie nie?

Ich stelle mir immer vor, wie Sie arbeiten. Und dann bekomme ich ein schlechtes Gewissen, dass ich die Zeit vergeude.

Ich bin gespannt auf Ihre Anthologie der polnischen Lyrik, ich werde sie aufmerksam studieren.

In Ihrem Stammbuch kommen ständig neue Unterschriften hinzu.

Es genügt also ein Telegramm oder ein Brief, und ich schicke Ihnen gleich das Heft mit den Gedanken.

Ich grüße herzlich »Ihre Frau Gemahlin mitsamt der lieben

Kinderschar im trauten Heilbronn« und hoffe, dass wir uns bald in Polen wiedersehen.

Ihr

St. J. Lec

Trotz des umfangreichen Materials musste Dedecius bei der Zusammenstellung der deutschen Ausgabe von vornherein auf viele Aphorismen verzichten – weil sie Anspielungen auf Ereignisse oder Personen enthielten, die der deutsche Leser nicht verstanden hätte, oder weil sie auf Redewendungen und Wortspielen basierten, die im Deutschen gar nicht wiederzugeben oder ohne jeglichen Witz gewesen wären.

Titelbild der deutschen Erstausgabe der *Unfrisierten Gedanken*

Karl Dedecius: *Dass Lec nicht immer wörtlich zu übersetzen ist, wussten wir beide sofort. Zu übersetzen waren bei ihm zuallererst die Pointen, die Anspielungen und ihr doppelter Boden, die Lecsche Logik, nicht die Wörter.*

So wurde schließlich die von Dedecius herausgegebene deutsche Erstausgabe zu einem Büchlein von nur sechzig Seiten. Die Resonanz überstieg jedoch sogar seine Erwartungen: Aus den unzähligen Rezensionen sprach einhellige Begeisterung. Ob in großen, überregionalen Zeitungen oder lokalen Blättern, in der Tagespresse oder in Fachzeitschriften – die Kritiker überschlugen sich in Lobeshymnen: »witzig und geistvoll«, »Paradoxes, Schillerndes«, »ein sprühendes Frühwerk«, »Konzentrate und Kristallisationen menschlicher Hoffnung«, »sehr viel Erfahrung und Weisheit«, »Gedanken, die der beste Teil eines Gedankens sind«, »ein Stück Literatur« –, so viel Zustimmung hatte Lec, der über sich selbst lesen durfte, er sei »ein kluger und rebellischer Kopf« und »ein eleganter Florettfechter mit unfehlbarer Klinge«, nicht einmal im eigenen Land bekommen. Aphorismen dieses Rangs seien seit Lichtenberg und La Rochefoucauld nicht mehr geschrieben worden, resümierte ein Kritiker den allgemeinen Enthusiasmus. Nur der eine oder andere Kenner der polnischen Realien machte sich Sorgen wegen möglicher falscher Interpretationsansätze.

Marcel Reich-Ranicki: *Vermutlich wird man in der Bundesrepublik die* Unfrisierten Gedanken *vor allem als Dokument des antikommunistischen Widerstandes hinter dem Eisernen Vorhang werten wollen. Das wäre eine unzulässige Vereinfachung und wohl auch ein prinzipielles Missverständnis.*

Dazu kam es aber nicht. Reich-Ranickis Kollegen hatten zwar bemerkt, dass nicht nur der zu Beginn dieses Kapitels zitierte

Sesam-Aphorismus – eine der brillantesten literarischen Provokationen, die durch den Eisernen Vorhang gedrungen sei, wie einer von ihnen es formulierte –, sondern auch viele andere als eine Anspielung auf die politische Situation in Polen verstanden werden konnten. Etwa:

> Der Zeitpunkt des Sonnenaufgangs hängt von der geographischen Lage ab.

Oder:

> So mancher Bumerang kommt nicht zurück. Er wählt die Freiheit.

Doch gleichzeitig hatten sie schnell erkannt, dass diese Aphorismen sich gegen jeden Missbrauch der Macht, soziales Unrecht, falsche Staatssysteme, den Verfall traditioneller Werte und manches andere richteten, kurz: dass sie eine frappierende Allgemeingültigkeit besaßen – dem einfachen Prinzip gemäß:

> Auch uns nennt man im Westen den Osten und im Osten den Westen.

Und dass sie bei aller Ironie ein Zeichen tiefer (und tief verletzter) Menschlichkeit waren.

Karl Krolow: *Sie sprechen von der Integrität eines Menschenbildes, das nur noch verzerrt präsentiert wird. Sie leiden. Sie gehen unter Späßen – gleichsam in Trauer. Ihre Melancholie spürt man überall heraus, die Tränen, die unter intellektuellen Verrenkungen, unter makabren Redensarten heimlich ins Auge treten. Lec' Sinnsprüche verbergen hinter »schwarzem« Humor nicht das* *eigentliche Dunkel, aus dem sie kommen und von dem sie Zeugnis ablegen wollen.*

Neben den Rezensionen erschienen in der Presse auch unzählige Abdrucke der *Unfrisierten Gedanken.* Beides wurde von Karl Dedecius gesammelt und an Lec nach Warschau geschickt – nicht immer nur zur Freunde des Meisters.

Brief an Karl Dedecius:

Warschau, 1. Juli 1960

Lieber Herr Karl!
Herzlichen Dank für Ihre Sendung – ich habe mich sehr über sie gefreut. Trotz der deutschen Genauigkeit ist es mancher Redaktion gründlich gelungen, sich lächerlich zu machen. Das Mainzer Blatt Die Freiheit *zum Beispiel nennt mich familiär »Stanisław Jerzy«, in der Annahme natürlich, dass Jerzy ein Familienname ist. Den Gipfel der Peinlichkeit leistet sich der* Tagesanzeiger *aus Zürich, der mich auch so nennt und allen Ernstes hinzufügt: »er gehört zu den gewichtigen Erscheinungen der polnischen Literatur«. Die* Frankfurter Neue Presse *erwähnt mich als Autor gar nicht. Wenn es Ihnen nicht zu viele Umstände macht, würde ich mich freuen, ab und zu weitere Abdrucke zu bekommen. (…)*
Nein, ich fürchte nicht, dass die Presse aus mir ein »Politikum« machen könnte. Sie wissen, dass ich auf solche Dinge pfeife. Ich habe Ihnen schon geschrieben, dass einige an sich seriöse deutsche Zeitungen ein Porträt bzw. eine Vie romancée von mir gebracht hatten, noch bevor sie überhaupt das Buch lesen konnten. Das Ergebnis war furchtbar infantil und lächerlich. Ich war aber nur amüsiert, nicht irritiert.

Ich grüße herzlich Frau Dedecius, Herrn Dedecius
und die »Dedeciuslein«. Ich schreibe bald wieder.

St. J. Lec

Im Jahre 1960, fast zeitgleich mit den *Unfrisierten Gedanken,* kamen in Deutschland zwei weitere polnische Neuerscheinungen auf den Markt: Jarosław Iwaszkiewicz' Roman *Ruhm und Ehre,* ein opulentes Panorama der polnischen Gesellschaft zwischen den beiden Weltkriegen, und Sławomir Mrożeks Satirensammlung *Der Elefant.* Angesichts der vom Kalten Krieg geprägten Atmosphäre jener Zeit stellten sich die Rezensenten bei allen drei Titeln sofort die Frage, inwieweit sich darin politische Akzente, sprich: kritische Töne gegenüber dem ewigen Unterdrücker Russland finden würden. Doch sie wurden dreifach enttäuscht bzw. überrascht: Eine direkte Polemik fanden sie nirgendwo, dafür eine Menge versteckter Hinweise – bei Iwaszkiewicz hinter der Beschreibung historischer Fakten, bei den beiden anderen in Form satirischer Camouflage. Nur dass Mrożeks Geschichten eine Anhäufung absurder Situationen waren, die anschließend mit eiserner Logik und Konsequenz gelöst wurden, während Lec' Aphorismen die Schärfe und Präzision eines Messerstichs hatten, der, um noch einmal seinen Lieblingsspruch zu zitieren, »töten, aber nicht verletzen« sollte. Er nahm immer die richtigen Objekte ins Visier, und er tat es meistens mit dem traurigen Lächeln eines Desillusionierten, hinter dem stets ein leichtes spitzbubenhaftes Grinsen lauerte.

Herbert Heckmann: *Er sieht die Zustände, wie sie sind, aber er entrückt sie aus der Fatalität in die Komik. Er kämpft mit dem Galgenhumor gegen den Galgen. Er versteht es, aus seiner Trauer komische Funken zu schlagen, durch komische Kontraste löst er die Erstarrung. Seine* Unfrisierten Gedanken *gehören in die Bibliothek eines jeden, der eine Neigung zum Untertanen hat und der sich ein X gern für ein U vormachen lässt.*

Die Kritiker lobten auch die Arbeit des Übersetzers. Die Äußerungen reichten von der nüchternen Feststellung, Dedecius habe die künstlerische Eigentümlichkeit der Aphorismen korrekt erfasst, bis zu dem schwärmerischen Satz, es sei ihm gelungen, auf Lecsche Art deutsch zu denken. Der prominente polnische Dichter und Kritiker Stanisław Barańczak behauptete zudem, Dedecius habe die *Unfrisierten Gedanken* noch »wortökonomischer« gemacht, als sie im Original seien:

Stanisław Barańczak: *In seiner Übertragung erscheint Lec dem deutschsprachigen Leser als ein vollberechtigter Teilhaber an der universalen menschlichen Zivilisation – aber zugleich auch als ein in Warschau beheimateter Intellektueller der Stalin- und Chruschtschow-Ära, der seine Weisheit, verpackt in die Miniaturform des Aphorismus, über die Staatsgrenzen schmuggelt. Dieser Doppelcharakter ist wohl Lec' bedeutsamstes Merkmal, und wenn Dedecius auch auf die Übertragung einiger allzu ortsbezogener* Gedanken *mit ihren direkten Anspielungen verzichten musste, so hat er es doch verstanden, den Doppelcharakter hinüberzuretten.*

Von diesem Doppelcharakter und gleichzeitig von dem Doppelsinn vieler seiner Aphorismen waren die deutschen Kritiker und Leser besonders angetan.

Analphabeten müssen diktieren.

Natürlich gab es gelegentlich auch enttäuschte Stimmen. Nicht alles sei gleichwertig, bemängelte ein Rezensent, Lec' Paradoxie ziele, besonders dann, wenn er den engeren Bezug auf Politisches verlasse, zunächst auf Wirkung, erst dann auf Erkenntnis. Einem anderen kamen die Aphorismen etwas zu streng gekämmt und wienerisch gepudert vor, wie er es formulierte. Von der Mehrheit aber wurde Lec ausdrücklich gelobt, und zwar in jeder seiner Eigenschaften – als Stilist, Humanist, Moralist und Humorist.

Aus einem Brief an Karl Dedecius vom 11. Oktober 1960:

Ich bekomme viele Zuschriften aus dem Ausland, darunter von Personen, die ich eine ganze Ewigkeit nicht mehr gesehen habe. Unter anderem hat mir ganz überraschend Franz Theodor Csokor geschrieben. Darin der Passus: »Bin begeistert von den Unfrisierten Gedanken*! Ich werde darüber schreiben. Das ist eines der besten Bücher, die wir seit der Aphoristik von Karl Kraus besitzen.«*
Ich weiß, was es bedeutet, wenn ein Österreicher aus dieser Generation Karl Kraus' Geist heraufbeschwört.

Lec wurde mit etlichen österreichischen Autoren verglichen, die Aphorismen geschrieben hatten – etwa mit dem fast gleichaltrigen Elias Canetti –, mit keinem aber so oft wie mit Karl Kraus. Für ihn selbst war Kraus allerdings jemand, den er zwar sehr schätzte und – wie ein Freund, der Dichter und Übersetzer deutscher Literatur, Jan Koprowski, bezeugt – aufmerksam studiert hatte, dessen Aphorismen er aber die Verwandtschaft mit seinen *Unfrisierten Gedanken* absprach.

Jan Koprowski: *Ich denke, dass die* Unfrisierten Gedanken *derselben Quelle entsprungen sind, dass Karl Kraus ihnen Pate gestanden hat, doch Lec sagte oft scherzhaft über sich: »Ich bin ein Antikrausianer.«*

Vermutlich meinte er damit, dass Kraus' Stil sich eher durch Bissigkeit auszeichnete, während er selbst zur Melancholie neigte. Aufgrund seiner komplizierten, polnisch-jüdisch-österreichischen Herkunft und seiner verworrenen, an dramatischen und tragischen Ereignissen reichen Biographie war er alles andere als ein Misanthrop – was man von Kraus durchaus behaupten konnte.

Nicht minder oft als mit dem Österreicher Kraus wurde er mit den deutschen Aphoristikern verglichen: mit Schlegel, Novalis, Marie von Ebner-Eschenbach, Schopenhauer, Nietzsche, Kästner oder Ringelnatz, von der schon erwähnten »Seelenverwandtschaft« mit Heine ganz zu schweigen. Am meisten jedoch fühlte sich die deutsche Kritik durch die *Unfrisierten Gedanken* an die Aphorismen von Georg Christoph Lichtenberg erinnert. Man befand sie als ähnlich präzise, metaphernreich und voller grotesker, manchmal makabrer Wortspiele.

Kopf hoch, sagte der Henker, als er ihm die Schlinge umwarf.

Mag sein, dass es solchen stilistischen Parallelen zu verdanken war, wenn die deutsche Ausgabe zu einem enormen Verkaufserfolg wurde. Vielleicht trug aber zu der starken Resonanz auch die Situation bei, in der sich die damalige bundesrepublikanische Gesellschaft befand: Die eine Diktatur – den Nationalsozialismus – kannte sie aus Erfahrung, unter der anderen – dem Kommunismus – lebte ein Teil der deutschen Nation, doch sie war (noch) nicht imstande, dies zu thematisieren. Und mit Lec' Aphorismen ließ sich so mancher Artikulierungswunsch erfüllen.

Schon im ersten Jahr mussten zwei Auflagen nachgedruckt werden; der zweite Band, *Neue unfrisierte Gedanken* (1964), war nach nur wenigen Tagen restlos ausverkauft. Nicht anders erging es den nächsten Bänden, die unter den Titeln *Späte unfrisierte Gedanken* (1968) und *Spätlese unfrisierter Gedanken* (1976) erschienen. Heute lautet die Bilanz des Verlages: 16 Auflagen und über 100 000 verkaufte Exemplare, und die Beliebtheit der Gesamtausgabe von 2007, *Sämtliche unfrisierte Gedanken. Dazu Prosa und Gedichte*, zeigt deutlich, wie gern Lec immer noch gelesen wird.

Hinzu kommt der Erfolg in anderen Ländern, in denen, angestoßen durch die deutsche Ausgabe, weitere Übersetzungen erschienen. In England etwa legte Macmillan einen Band vor, in den USA St. Martins-Press (mit einem Vorwort des amerikanischen Literaturpapstes Clifton Fadiman), in Paris Julliard, in Mailand Bompiani.

Aus einem Interview:

Frage: *Soviel ich weiß, gab es viele Abdrucke Ihrer Aphorismen in anderen Sprachen. Haben Sie Kontakt zu Ihren ausländischen Lesern?*

Antwort: *Der Kontakt ist höchstens brieflich, denn ich reise nur in meinen Gedanken, wo keine Passvorschriften gelten und die Bewegungsfreiheit allein von mir bestimmt wird.*

Diese Antwort war nicht nur scherzhaft gemeint, denn Lec war nach seiner Rückkehr aus Israel sowohl mit Schreib- als auch mit Reiseverbot belegt worden. Nach dem »Tauwetter«-Jahr 1956 wurde allerdings das eine aufgehoben und das andere gelockert. So konnte er im Sommer 1961, nach dem internationalen Erfolg der *Unfrisierten Gedanken*, über eine Deutschlandreise nachdenken. Er verbrachte diesen Sommer im Schloss Obory bei Warschau, das seit den fünfziger Jahren als Literatenpension diente. Seine Frau war mit dem jüngeren Sohn in den südpolnischen Kurort Krynica gefahren, während er sich mit dem älteren in Obory einquartiert hatte. Er wartete auf das Eintreffen seines amerikanischen Übersetzers und schmiedete eigene Reisepläne.

Brief an Karl Dedecius:

Obory, 10. Juli 1961

Lieber Herr Karl!

(…) Ich möchte den Verleger, Herrn Hanser, um eine Einladung bitten. Sie sollte beglaubigt sein, doch ich weiß nicht, wie man es bei Euch macht, ob bei einem Notar oder bei der Polizei. Auf jeden Fall sollte es so gemacht werden, wie man es immer macht, wenn man jemanden aus Polen einlädt. Vermutlich wissen Sie es selbst am besten. Da ich nicht sagen kann, wie lange die Formalitäten dauern werden, weiß ich nicht, ob man genaue Termine (von dann bis dann) angeben sollte. Wir werden sehen, ob wir uns wiedersehen.

Was Ihre Bedenken betrifft, ob sich genug neue Gedanken finden, die der Übersetzung und des Abdrucks wert sind, so kann ich Sie beruhigen, dass ich seit dem Erscheinen der Aphorismen in Buchform mindestens genauso viele weitere in Zeitschriften publiziert habe. Ich hoffe, ich bin noch nicht so verblödet, dass sich meine neuen Einfälle nicht mit den alten messen können.

Immer, wenn ich müde (oder träge) bin, erscheinen Sie »auf dem Bildschirm meiner Seele« – mit hochgekrempelten Hemdärmeln, mit Volldampf arbeitend bzw. schaffend. Und dann bekomme ich entsetzliche Gewissensbisse!

Der Hanser Verlag soll bitte die Einladung auf meinen vollen Namen ausstellen: Stanisław Jerzy de Tusch-Lec. Und für den Fall, dass er auch diese Angaben benötigt: geboren in Lemberg, am 6. März 1909. (…)

Küsse die Hände der gnädigen Frau Gemahlin
und beide Thronfolger (vielleicht sind es schon mehrere?)
mit Gruß und Kuss

St. J. Lec

Offenbar hatte die Einladung des Hanser Verlags alle Auflagen der polnischen Behörden erfüllt, denn im Oktober 1961 kam Lec zu seinem ersten Besuch nach München. Den ihn erwartenden Journalisten präsentierte er sich als ein ironischer Plauderer, der trotz seiner Unkenntnis der Isarmetropole Anekdoten über lokale Persönlichkeiten zu erzählen wusste. Etwa über den bayrischen Prinzregenten Luitpold, an den er sich von mehreren Briefmarken erinnerte, die er als Kind gesammelt hatte, oder über Joachim Ringelnatz, von dem er eine Zeichnung in der Lenbachgalerie entdeckte. Von der letzteren war er so begeistert, dass er sie sofort mit einem kleinen, scherzhaften Gedicht bedachte. Er verbrachte dort viele Stunden, ganz vertieft in die Bilder der Gruppe des »Blauen Reiters«. Außerdem bestand er darauf, das Münchner Nachtleben kennenzulernen, und saß die halbe Nacht vergnügt im Lokal der legendären »Schwabinger Gisela«. Insgesamt aber fühlte er sich in der Stadt nicht besonders wohl, und auf den Vorschlag des ihn begleitenden Karl Dedecius, er solle doch versuchen, auch während dieser Deutschlandreise ein paar Aphorismen zu schreiben, ging er nicht ein. Hier falle ihm nichts ein, lautete seine Antwort, hier lasse ihn alles kalt.

Davor war er in Wien, wo er dank der Münchner Ausgabe, aber auch dank der österreichischen Zeitschrift *Wort in der Zeit*, die immer wieder seine Aphorismen in der Übersetzung von Oskar Jan Tauschinski abdruckte, mit stürmischem Beifall empfangen wurde.

Aus einem Brief an Karl Dedecius vom 24. September 1961:

Erst heute reise ich aus Wien ab. Ich bin eigentlich nirgendwo gewesen, ich habe mich nur im Schoße der Familie erholt und zahllose Treffen mit der Wiener »Künstlerwelt« absolviert. In Anführungszeichen – leider.

Mein Autorenabend hatte eine sehr offizielle Form, ha, ha, ha. In ihren Augen war es ein »Triumph«. Nun ja, tempora mutantur. *Am besten amüsierte ich mich wohl selbst, aber nicht über meine Satiren, sondern über die Zufriedenheit meiner Gastgeber.*

Die Erfolge im Ausland machten Lec in Polen endgültig zu einem Medienstar. Er wurde ständig von Reportern belagert, und es machte ihm sichtlich Spaß, deren Wunsch nach immer neuen Selbstauskünften zu erfüllen.

Ich bin in Wien aufgewachsen und deswegen beherrsche ich recht gut die Kunst der gesellschaftlichen Verlogenheit. Dies stelle ich allerdings nur selten und für teueres Geld in meinen Satiren unter Beweis.

Auch ausländische Journalisten gingen bald bei ihm ein und aus. Wer von ihnen bei der Ankunft meinte, er werde einen Autor zu Gesicht bekommen, dem es zufällig gelungen sei, mit einem einzigen kleinen Buch einen unerwarteten und vermutlich kurzlebigen Erfolg zu landen, der wurde schnell eines Besseren belehrt.

Wolfgang Kraus: *Wo immer man in Warschau nach dem Namen des originellsten und populärsten Schriftstellers fragt, erhält man die Antwort: »Sie meinen natürlich den Stanisław Jerzy Lec.« Er wird genannt von seinen Kollegen und vom Taxichauffeur, von Theaterleuten und – wenn man sehr drängt – hin und wieder sogar von polnischen Politikern. Von ihnen nicht ohne bitteres Lächeln. Vor allem aber wird Lec zitiert, unzählige Male jeden Tag, in den Kaffeehäusern, Kaufläden und Redaktionen.*

Diese enorme Popularität im eigenen Land hatte noch einen weiteren Grund: Im Ausland waren es überwiegend die Aphorismen, auf denen Lec' Ruhm basierte. Dem polnischen Leser hingegen waren außerdem noch Hunderte von Epigrammen bekannt, die sein dichterisches und satirisches Können zur Geltung brachten. In anderen Sprachen, auch im Deutschen, hatten sie nur wenig Chancen – erstens, weil sie aufgrund ihrer raffinierten Reime noch schwerer als die Aphorismen zu übertragen waren, so dass sogar ein erfahrener Übersetzer wie Karl Dedecius sich nur selten daran wagte.

Geschlechtswechsel
Eine Metamorphose zum Erbarmen:
Jeanne d'Arc verwandelt zum – Jean d'Armen.

Und zweitens, weil sie noch stärker als die Aphorismen auf innenpolitische Ereignisse oder auf die Warschauer Kulturszene anspielten, über die Lec sich so gern mit anderen Insidern austauschte. Mit Jan Śpiewak etwa, mit dem er – zum Leidwesen von dessen Frau, Anna Kamieńska – täglich lange Telefonate führte.

Anna Kamieńska: *Es begann ein langes, zärtliches Gespräch, oft unterbrochen durch Jans Ausrufe oder leises Kichern, wenn Lec wieder mal ein Witz oder ein Wortspiel besonders gelungen war. Mich störten diese Gespräche, doch wie viel würde ich heute dafür geben, dass sie wiederkehrten. »Wann sehen wir uns?«, lautete der obligatorische Schlusssatz, und sie verabredeten sich in der Stadt, um ihre Unterhaltung fortzusetzen. Oft nahm ich übrigens an diesen Treffen teil. Lec holte aus seiner Aktentasche Briefe wichtiger Personen hervor, die sich bewundernd über sein Werk äußerten, etwa von Karl Jaspers, oder Besprechungen und Abdrucke aus der ausländischen Presse. Er fing gerade an, die Welt mit den* Unfrisierten Gedanken *zu erobern.*

Was die Eroberung der deutschen Lande anbelangt, so hatte Lec also allen Grund, zufrieden zu sein. Dass seine Bücher dort zu Bestsellern wurden, verdankte er in erster Linie seinem Übersetzer Karl Dedecius – der später gelegentlich von Kollegen wie Oskar Jan Tauschinski oder Henryk Bereska flankiert wurde –, aber auch den Lesern und Buchhändlern, die sie weiterempfahlen, und natürlich den Medien, die sie mit Pressebesprechungen und Rundfunksendungen bedachten. Es dauerte nicht lange, bis die *Unfrisierten Gedanken* zur Würze von Politikerreden, Werbespots, Wandkalendern und Ansichtskarten sowie zum Gegenstand von Dissertationen, Antrittsvorlesungen und Kolloquien wurden. Manchmal führte dies allerdings zu ärgerlichen Situationen.

Aus einem Brief an den Hanser Verlag vom 21. März 1962:

Eine sehr triste Angelegenheit: Deutsche Leser machten mich aufmerksam, einer schickte mir sogar ein Exemplar, dass in dem großen Wandkalender des Axel Springer Verlags, Hamburg, für das Jahr 1962 auch meine Unfrisierten *dabei sind. Es stimmt. Es sind derer zehn. Aber nur drei sind als meine gekennzeichnet. Sechs sind anonym, und ein Ausspruch ist mit dem Namen Sacha Guitrys unterschrieben. Soviel habe ich in meiner Erregung gezählt.*

Es geschah nicht aus Versehen. Sie werden ja den Kalender sehen. Er ist sehr gut redigiert, pedantisch ist jeder Meier und Schulze angegeben, ich hätte (an Zahl) aber, glaube ich, einem gewissen Geheimrat von Goethe aus Weimar den Rang abgelaufen. (…)

Das Traurigste an der Affäre ist die Riesenauflage dieses Kalenders. Die Gedanken *werden jetzt anonym herumkreisen, nach Polen als sogenannter »Salat aus dem Import« zurückkommen, und der Sacha Guitry kann mir noch ein Plagiat vorwerfen. Alle Sätze sind dem Hanser-Büchlein entnommen in der Übersetzung von Dedecius.*

Ich sage es offen: So etwas ist bei uns undenkbar. Es gäbe einen Mordsskandal, mit kriminellem Hintergrund. Von einem Schadensersatz (auch moralischen) schon nicht zu sprechen.

Verzeihen Sie mir die innere und äußere Form des Briefes, aber ich bin wirklich aufgebracht und kann schon seit vier Tagen (an dem Tag kam der verhängnisvolle Kalender an) keine einzige Zeile mehr geschrieben.

Der Verlag reagierte sofort. Einen »Mordsskandal« löste er zwar nicht aus, doch er unternahm juristische Schritte, nach denen dem Springer Verlag nichts anderes übrigblieb, als Lec ein förmliches Entschuldigungsschreiben zu schicken und ein Honorar zu zahlen.

Der Erfolg der *Unfrisierten Gedanken* hatte schließlich auch zur Folge, dass der Aphorismus in Deutschland eine kleine Renaissance erlebte. Hans Arendt, Martin Kessel, Hans Kasper, Hans Kundszus, Joachim Günther – man würde auf eine beachtliche Namenszahl kommen, wollte man alle deutschen Nachahmer und Konkurrenten von Lec aufzählen.

Karl Dedecius: *Eine Rezeption zum Lachen und zum Weinen. Wie die Lecschen Gedanken. Aber, seien wir großzügig. Wer weiß, was von wem zuerst gedacht und gesagt worden ist, wer die tatsächlichen Urheber sind – auch der Lecschen Gedanken. Nur – den Witz, seinen Glanz, die aktuelle Pointe – die hat Lec nicht nur erdacht, sondern auch erlitten. Und das zählt als doppelte Urheberschaft.*

Der Kaffeehausliterat

Eines Sommers fuhr Lec mit seiner Familie nach Rabka, einem südlich von Krakau gelegenen kleinen Gebirgskurort. Er ging dort öfter mit seinen Söhnen spazieren; der ältere lief neben ihm her, den jüngeren trug er auf dem Arm. Für Freunde, die ihn begleiteten, hatte dieses Bild etwas Rührendes an sich, doch sie wussten, dass es seiner wahren Veranlagung nur wenig entsprach: Er war zwar gern in der Natur, fuhr aber selten aufs Land, und der Gedanke, eine Bergwanderung zu machen, erschien ihm völlig abwegig. Er bezeichnete sich auch selbst als einen Stadtmenschen – und mit der »Stadt« meinte er vor allem Warschau, den Ort, an dem er nun seit vielen Jahren lebte und aus dessen Straßen er nicht mehr wegzudenken war.

Jan Śpiewak: *Die Menschen hier kannten ihn, sie wussten, dass er ein berühmter Dichter war. Sie sahen ihn an, als wäre er ein guter Freund: Das ist der mit den* Unfrisierten Gedanken, *flüsterten sie. Manchmal kürzten sie es ab und sagten nur: die* Unfrisierten. *Sie hatten Respekt vor seinem Mut und seinem klugen Witz.*

Besonders oft war Lec, den die einen als einen stattlichen, stets elegant gekleideten Herrn, die anderen als einen kleinen, korpulenten Mann mit abgeschabter Baskenmütze und grünem, wachstuchbezogenem Heft unter dem Arm in Erinnerung behalten haben, in der Warschauer Altstadt anzutreffen. An deren Rand befand sich ja auch seine Wohnung, von der aus er sich zu seinen täglichen Eskapaden aufmachte. Hier durchstöberte er eine Buchhandlung nach Neuerscheinungen, dort spazierte er in einen Zeitungsladen oder ein Café hinein, und überall traf er Bekannte, von denen er sich gern zu einem kleinen Gedankenaustausch aufhalten ließ. Meistens zeigte er sich dabei sehr gesprächig und schmückte jede noch so belanglose Unterhaltung mit Scherzen, kleinen Wortspielen und gutmütigen Bosheiten aus. Manchmal verstummte er aber auch ganz plötzlich, um kurz nachzudenken oder etwas in seinem Heft zu notieren.

Lec bei einem seiner täglichen Spaziergänge in der Warschauer Altstadt (sechziger Jahre)

Wolfgang Kraus: *Gewiss soll man erhabene Vergleiche nicht strapazieren, aber wenn der antike Sokrates nicht von Plato überliefert worden wäre, ich könnte mir vorstellen, dass der zwar nicht auf* *den Märkten von Warschau – das wäre allzu traurig –, aber auf den Straßen, Plätzen herumspazierende, mit unzähligen Leuten redende Lec ihm nicht einmal so unähnlich war.*

Hin und wieder sah man ihn auch allein – ruhig und konzentriert die Menschen beobachtend, die Bilder des Alltags in sich aufnehmend. Noch kurz vor seinem Tod wurde er von seinem Dichterkollegen Stanisław Grochowiak in der Lobby des Warschauer Hotels »Bristol« gesichtet, wie er, von seiner Krankheit schon stark gezeichnet, auf einen Stock gestützt, einsam inmitten der lärmenden, vielsprachigen Menge stand und schaute.

Stanisław Grochowiak: *Ich werde niemals den Ausdruck seines schönen Gesichts vergessen: Es war darin die Konzentration eines Menschen, der um jeden Preis etwas festhalten, im Gedächtnis behalten, sich einprägen wollte. Und es war darin auch eine große, alles umfassende Nachsicht.*

Es waren – neben den entsprechenden Zügen seines Charakters – auch solche einsamen Auftritte, denen er den nach seiner Ansicht völlig unbegründeten Ruf eines Einzelgängers verdankte.

Meine Feinde verbreiten das Gerücht, ich sei ein unverbesserlicher Individualist, ein Feind jeglicher Gemeinschaft. Das ist nicht wahr. Ich habe schon als kleiner Junge an meinem Matrosenmützchen ein Band mit der goldenen Aufschrift getragen: »Viribus unitis!«

Denjenigen, die nicht wussten, dass er eine Schwäche für diese Maxime nur deshalb hatte, weil sie einst der Wahlspruch Franz Josephs I. gewesen war, und dass er in Wirklichkeit ein fast genauso elitäres Selbstverständnis hatte wie sein geliebter Monarch, half er später mit einem Aphorismus nach:

> Ich singe im Chor – doch nur Solopartien.

Auch seine Warschauer Spaziergänge hatten etwas von einem Bühnenauftritt an sich. Vor allem dann, wenn er in angenehmer Begleitung seine Lieblingsroute durchlief: Sie führte vom Schlossplatz, wo sich bis heute das Haus des Schriftstellerverbands befindet, über die Straßen Krakowskie Przedmieście und Nowy Świat bis zum Łazienki-Park und zurück. Ein solcher Spaziergang konnte mehrere Stunden dauern, doch nicht seine Länge machte ihn zu einem wahren Erlebnis.

Karl Dedecius: *Mit Lec zu gehen war eigentlich kein Spaziergang. Es war ein majestätisches Abschreiten einer vor ihm angetretenen Ehrenkompanie von Palast-, Kirchen- und Häuserfronten, über die er alte und neue Legenden, Tragisches und Amüsantes zu erzählen wusste. Ich habe Lec später nie anders auf der Straße gehen sehen: leicht, fast tänzerisch, und so langsam, dass man glaubte, er sei Chronos persönlich und verfüge beliebig über die Zeit. Gegen die Hast der vorüberflutenden Großstadtmenge war er immun.*

Karl Dedecius war freilich nicht der einzige Deutsche, der in den Genuss von Lec' Kunst des Spazierengehens kam. Je mehr der Ruhm der *Unfrisierten Gedanken* wuchs, desto öfter tauchte in Warschau ein Journalist oder Kritiker aus Deutschland auf, der hinter das Geheimnis ihres Erfolgs kommen wollte.

Aus einem Interview:

Frage: *Warum heißen Ihre Gedanken »unfrisiert«?*
Antwort: *Alle revolutionären Gedanken hatten etwas mit*

Friseuren zu tun. Denken Sie an Figaros Hochzeit *von Beaumarchais.*

Frage: *Wie entstehen Ihre* Gedanken?

Antwort: *Einer meiner Bekannten behauptet, ich hätte eine spezielle Maschine, die ich hin und wieder einfach einschalten würde. Danach würde ich seelenruhig das Haus verlassen, und nach meiner Rückkehr seien die* Gedanken *fertig.*

Frage: *Ich könnte so eine Maschine sehr gut gebrauchen. Verraten Sie mir, wo man sie bekommen kann?*

Antwort: *Man muss sie einfach erfinden.*

Frage: *Und wodurch wird sie angetrieben?*

Antwort: *Durch die eigene Energie, die man gegen die ständigen und wechselnden Ströme einsetzt.*

Unabhängig von seinen eigenen Gästen kam Lec auch öfter mit deutschen Besuchern seiner Freunde und Kollegen zusammen, die ihn gern wegen seiner exzellenten Sprachkenntnisse dazubaten. So geschah es etwa kurz vor Weihnachten 1957, als der Grafiker Mieczysław Berman einen prominenten Gast aus Berlin hatte: den Maler und Erfinder der Fotomontage, John Heartfield, der mit seiner Frau in China gewesen war und auf dem Heimweg Zwischenstation in Warschau machte. Auf eine zufällige Begegnung in der Altstadt folgte ein Abend in Bermans Wohnung, bei dem Lec nicht nur mit seinem Deutsch und seiner Bildung glänzte, sondern dem Gast seines Freundes auch offenbarte, dass er bei einer Reise in die DDR seinen Bruder, den Schriftsteller und Leiter des Malik Verlages, Wieland Herzfelde, kennengelernt habe. Aus der höflichen Konversation wurde eine äußerst anregende Unterhaltung über Literatur und Kunst, über George Grosz, Erwin Piscator und Bertolt Brecht, mit denen die beiden Brüder verbunden gewesen waren, und vieles mehr.

Bei den Spaziergängen zu zweit schien Lec allerdings die Form eines phantasievollen Monologs zu bevorzugen. Dies erlebte jedenfalls nach Dedecius auch Marcel Reich-Ranicki, als er einmal mit ihm die gleiche Altstadtroute »abschreiten« durfte.

Marcel Reich-Ranicki: *Lec sprach unentwegt – und ich, von dem behauptet wird, nicht besonders wortkarg zu sein, lauschte schweigsam und begnügte mich damit, ihm mit gelegentlichen Stichworten zu dienen. Alles, was er erzählte, interessierte und amüsierte mich – nicht zuletzt seine improvisierten und leider nie notierten deutschen Wortspiele. Nach einer Stunde etwa sagte er plötzlich: »Das geht nicht so weiter. Wir reden ja immer nur über mich. Jetzt wollen wir über Sie reden. Sagen Sie mal, wie hat Ihnen denn mein letztes Buch gefallen?« Ich habe diese Äußerung vielen Kollegen erzählt, man hat sie immer wieder zitiert und oft auch anderen Autoren zugeschrieben: So entstand eine internationale, eine schon klassische Wanderanekdote.*

Noch mehr als in den Straßen Warschaus war Lec in den dortigen Kaffeehäusern zu Hause, ja er gab offen zu, ohne sie gar nicht leben zu können. Abends war er in der Regel im »Krokodil« anzutreffen, einem bekannten Künstlerlokal, das sich direkt am Alten Markt befand und von der Warschauer Boheme wie von westlichen Touristen frequentiert wurde. Tagsüber besuchte er eines oder gar mehrere seiner Stammcafés.

Ich muss eben in viele Kaffeehäuser gehen, denn ich vergesse immer, in welchem ich mein Rendezvous mit der Muse habe.

Die meisten dieser Kaffeehausbesuche dauerten nicht lange. Spätestens nach einer halben Stunde wurde er unruhig, verlangte die Rechnung, verabschiedete sich mit einem Scherz oder

Lec im Café »Krokodil« (sechziger Jahre)

Bonmont und machte sich auf den Weg in das nächste Lokal. Nur manchmal, wenn das Thema oder der Gesprächspartner ihm besonders zusagte, wurde daraus eine lange mehrstündige Unterhaltung.

Gabriel Laub: *Ich erinnere mich an eine, die wir im Schriftstellerklub in Warschau führten. Wir saßen dort fast fünf Stunden lang. Lec erzählte, schüttelte Aphorismen aus dem Ärmel – manche waren ihm gerade erst eingefallen, die anderen waren schon länger in seinem Heft festgehalten. Wir sprachen über Aphorismen, über Literatur und Kunst überhaupt, über Warschau, Prag und Wien. Das alles war Lec, und ich hätte ihm noch weitere fünf Stunden zuhören können.*

In seinem Bekanntenkreis erzählte Lec gern, er habe ein besonderes Gespür für Cafés mit Atmosphäre, und war stolz darauf, dass er solche sogar in London und Paris gefunden hatte. Öffentlich erzählte er von seiner Schwäche für Kaffeehäuser unter anderem in einem Text aus den *Kleinen Mythen*.

Eines Tages
Ich saß eines Tages im Café. Ein seltsames Gefühl bedrückte mich. Sicherlich kennen Sie es alle. Ein Gefühl, das man nicht lokalisieren, nicht präzisieren kann, um dessentwillen man bereit wäre, ganze Wörterbücher zu durchstöbern: nur um ihm auf die Spur zu kommen. Etwas fehlte mir. Da trat jemand an mich heran und fragte: »Verzeihung, haben Sie nicht zufällig Lec gesehen?« Da merkte ich, dass ich in diesem Café überhaupt nicht vorhanden war. Mir fehlte meine Identität.

Das Café war für ihn auch ein Arbeitsort, denn während er so dasaß, andere beobachtete und sich unterhielt, notierte er seine *Gedanken* auf Servietten oder in seinem Heft. So schrieb er am liebsten: nicht in der Stille seines Arbeitszimmers, sondern im Stimmengewirr, im Nebel des Zigarettenrauchs. Dieses Arbeiten an öffentlichen Orten hatte allerdings manchmal verheerende Folgen.

Aus einem Brief an Karl Dedecius vom 30. August 1962:

Ich habe gerade einen furchtbaren Schlag erlebt, über dessen Ausmaß ich mir noch nicht ganz im klaren bin. Ich habe ein Heft mit sage und schreibe 230 Gedanken *verloren. Es war die einzige Niederschrift, das Heft war nicht unterschrieben. Trotz Annoncen in Zeitungen und Radio hat es sich nicht gefunden. Von der Rekonstruktion auch nur eines Teils dieser*

Aphorismen *kann nicht die Rede sein. Jetzt sehe ich, dass es wahre lyrische Geistesblitze sind, eine Frucht der Inspiration, nicht der Spekulation. Nur dass dieser greifbare Beweis und diese Erkenntnis mich zu viel kosten.*

Nach diesem Verlust soll sein Sohn in das neue Heft in großen Buchstaben seinen Namen geschrieben und dem eventuellen Finder eine Belohnung versprochen haben. Zum Glück war Lec nie gezwungen, dieses Versprechen einzulösen. Allerdings führte seine Angewohnheit, in einem Café zu schreiben, auch zu manch peinlichem Missverständnis.

Eines Tages bemerkte eine am Nebentisch sitzende Gesellschaft, dass ich etwas notierte. Plötzlich wurde mir bewusst, dass sie unsicher wurde und ihr Gespräch von nun an leiser führte. Ich beugte mich also zu meinen Nachbarn hinüber und sagte höflich: »Meine Herrschaften, ich notiere keine Gespräche. Ich notiere Gedanken.« Diese Äußerung schien sie vollkommen zu beruhigen.

In seiner Lemberger Zeit soll er Kaffeehäuser nur selten besucht haben. Es war also offenbar der Atmosphäre Vorkriegswarschaus und seinen damaligen Eskapaden in die »Ziemiańska« sowie den Jahren in Wien, in denen er gern in den dortigen Cafés saß (im »Hawelka« hing lange Zeit eine gerahmte Handschrift von ihm), zu verdanken, dass er doch noch zu einem Kaffeehausliteraten geworden war. Er sprach auch oft über die österreichische Epoche der Kaffeehausliteratur, und wenn sich ein ebenbürtiger Gesprächspartner fand, dann entpuppte er sich als ein ausgezeichneter Kenner der Werke Stefan Zweigs, Hugo von Hofmannsthals oder Robert Musils.

Gelegentlich bekam er Buchpakete aus Wien, die nicht nur Klassiker, sondern auch moderne österreichische Autoren enthielten. Seine dortigen Freunde, etwa Wolfgang Kraus, der Gründer der Österreichischen Gesellschaft für Literatur, wussten sehr wohl, womit sie ihm eine Freude machen konnten.

Brief an Wolfgang Kraus:

Warschau, 8. Dezember 1963

Sehr geehrter Herr Doktor!
Ich danke herzlich für die kleine Bibliothek, die mir der heilige Nikolaus aus Wien brachte. Wenn ich eigenhändig und eigenköpfig in den Wiener Buchläden herumgestöbert hätte – die Auswahl wäre sicher nicht besser. Sie bereichert mein Wiener Eckerl, vermehrt die Zahl meiner kleinen »Fallschirme« oder (besser gesagt) vergrößert den einen »Fallschirm«, den ich mühsam zusammenflicke, für die Stunden, da ich aus allen Himmeln falle.
Ich bitte Sie, Herr Doktor, meinen Dank an die Gesellschaft weiterzuleiten.

Mit den besten Grüßen, Weihnachts- und Neujahrswünschen

St. J. Lec

Und wenn ein befreundeter Dichter aus Wien nach Warschau kam, dann freute er sich so sehr, dass er denjenigen nicht nur mit dem obligatorischen Altstadtspaziergang, sondern auch mit einer besonders raffinierten Geschichte traktierte.

Thomas Bernhard: *Der Satiriker Lec, mit welchem ich bis zu seinem Tode befreundet gewesen bin und in dessen Wohnung ich mehrere Male zu Gast gewesen war und der seine philosophisch-satirischen Sätze immer in die von ihm so genannten Küchenbücher seiner Frau geschrieben hat, behauptete jedesmal, wenn ich mit ihm über eine bestimmte, etwa hundert Meter lange und dreißig Meter breite Fläche auf der sogenannten Nowy Świat* *gegangen bin, und ich bin, wenn ich in Warschau gewesen bin, beinahe täglich mindestens einmal mit ihm über die Nowy Świat gegangen, dass unter dieser Fläche die gefährlichsten Gegner des derzeitigen Regimes verscharrt seien, er selbst sei Zeuge gewesen, wie die heutigen Machthaber ihre Gegner umgebracht und an dieser Stelle verscharrt hätten. Immer, wenn ich andere Leute gefragt habe, was sie zu dieser Behauptung von Lec zu sagen hätten, war ich nur mit Kopfschütteln konfrontiert gewesen und ohne Antwort geblieben. Aber Lec hat immer die Wahrheit gesagt.*

In vielen der Warschauer Kaffeehäuser gab es damals noch einen Klavierspieler, der für Stimmung sorgte. Oft passierte es, dass er den hereinkommenden Lec mit einer Wiener Operettenmelodie begrüßte, woraufhin dieser – sofort in beste Laune versetzt – entweder anfing, den Text mitzusingen und von alten Zeiten in Wien zu erzählen, oder versuchte, die Gäste mit einem neuen Aphorismus oder Epigramm in seinen Bann zu ziehen.

Überall
Überall, wo ich bin,
komm ich mir zwiespältig vor.
Ich habe keinen Sinn für Humor
ohne den Wirklichkeitssinn
und keinen Wirklichkeitssinn
ohne den Sinn für Humor.

Dabei prüfte er die Wirkung seines Vortrags, indem er die Gesichter der Zuhörer aufmerksam betrachtete. Dies tat er übrigens auch immer während eines Gesprächs.

Jan Śpiewak: *Sein Blick war durchdringend, einen Menschen beurteilend, er zeigte ihm sein Vertrauen, obwohl er auch seine Animositäten hatte, die er offen zugab. Er duldete keine psychi-*

schen Weichlinge, die ihre Gedanken verbargen. Für Lec war der Schaffensakt immer ein Akt der Courage.

Auch bei diesen Kaffeehausauftritten wurde er immer dann besonders erfinderisch und unterhaltsam, wenn ein ausländischer Journalist oder Schriftstellerkollege dabei war. Er legte in solchen Momenten ein Verhalten an den Tag, das bei manchem Beobachter den Verdacht erregte, dass er möglicherweise unter einem Minderwertigkeitskomplex litt.

Jan Wyka: *In seinem weltmännischen Gehabe – damit meine ich seine Kleidung, seine Reisen, seine Kontakte zu ausländischen Größen und seine eigene Berühmtheit – wirkte er wie ein ehrgeiziger Mann aus der Provinz, der auf Schritt und Tritt betont, dass er zwar aus einem kleinen Nest stammt, seinen Familiennamen aber dennoch in der Welt bekannt gemacht hat.*

Wie immer es um sein Selbstwertgefühl stand: Lec genoss seinen internationalen Erfolg sehr. Neider behaupteten sogar, er würde so viel Zeit im Lesesaal des Schriftstellerverbandes und in den Bibliotheken ausländischer Kulturinstitute verbringen, weil er ständig auf der Suche nach den Besprechungen seiner Bücher sei. Völlig falsch war dieser Verdacht wohl nicht: Er sah tatsächlich täglich die gesamte ihm zugängliche Presse durch, doch er las die Zeitungen nicht wirklich, sondern nahm, oft im Stehen, eine nach der anderen aus dem Regal und überflog sie Spalte für Spalte, sichtlich nach bestimmten Meldungen und Artikeln suchend. Es kam nie vor, dass er keinen interessanten Lesestoff gefunden hätte.

Anna Kamieńska: *Er las die gesamte Presse, aber von ihm erfuhren wir nicht nur, wer wo und wann über ihn geschrieben hatte, sondern er war auch der erste, der uns informierte, wenn etwas* *über uns geschrieben oder eines unserer Gedichte in der polnischen oder ausländischen Presse abgedruckt worden war.*

Vielleicht suchte er auch nach Werken all der Nachahmer, die er schnell in anderen osteuropäischen Ländern gefunden hatte. Wenn nicht aus Angst vor Konkurrenz – er behauptete, davon frei zu sein –, dann zumindest, um darin eine kleine Selbstbestätigung zu finden.

Ein unsterblicher Schriftsteller stirbt in seinen Epigonen.

Eine seiner kleinen Schwächen soll die Angewohnheit gewesen sein, eine Mappe mit der gesamten Dokumentation seines Erfolgs – Abdrucken, Rezensionen, Interviews – bei sich zu tragen und daraus seinen Gesprächspartnern vorzulesen. Auch diese spontanen Vorträge konnten peinliche Folgen haben.

Tadeusz Nowakowski: *Als ich ihn zum letzten Male sah, wurde er beinahe zu einem gefährlichen Verkehrshindernis. Mitten auf dem Münchner Karlsplatz, während der lebensgefährlichen Stoßzeit, belagert von Autos und Straßenbahnen, wollte er mir unbedingt die neuesten Rezensionen seiner ausländischen Ausgaben vorlesen. Zum Glück war die Polizei dagegen. Im Gegensatz zu jenen Dichtern, die ihre Lorbeeren in Schubladen, Waschkörben oder Leitz-Ordnern aufbewahren, trug Stanisław der Weise sie immer bei sich. In einer Tasche die polnischen, in der anderen die deutschen und englischen.*

Fast genausoviel Vergnügen wie das Zitieren seiner Rezensenten bereitete Lec das Divagieren über die Herkunft und Bedeutung seines Namens. Er konnte dazu die raffiniertesten Theorien entwickeln. Am liebsten behauptete er, die Namen seiner Eltern, Letz und Safrin, würden sich aus dem Hebräischen ableiten, und zwar von dem Wort *Leizan*, das »Schalk, Spaßvogel, Clown« bedeute, und von *Sofer*, der Bezeichnung für »Schriftsteller«. Seine berufliche Vorbestimmung sei also bereits in der Etymologie dieser beiden Namen enthalten, und er habe gar keine andere Wahl gehabt, als Literat und Satiriker zu werden. Weniger amüsiert war er allerdings, wenn er bei seinen Auslandsreisen feststellte, dass dem nichtpolnischen Publikum allein die Aussprache seines Namens Schwierigkeiten bereitete.

Letztes Jahr fuhr ich mit dem Zug durch Deutschland, und die in meinem Abteil Mitreisenden erzählten mir recht ausführlich von einem polnischen Aphoristiker. Sie kannten natürlich meinen Namen, denn es gab ja immer wieder Pass- und Zollkontrollen, bei denen er ständig genannt wurde. Ich war etwas überrascht, dass keiner meiner Gesprächspartner den Namen erwähnte. Schließlich fragte ich – zwar nicht beleidigt, aber doch schon etwas nervös –, wie dieser Schriftsteller denn heißen würde. Darauf bekam ich die Antwort, sein Name sei ... Leck.

Die korrekte Aussprache hat sich im Ausland übrigens bis heute nicht eingebürgert, jedenfalls nicht in Deutschland. Für die einen heißt er immer noch »Leck«, für die anderen »Letsch«, und die ursprüngliche, zweigliedrige deutsche Form »de Tusch-Letz« ist den meisten gänzlich unbekannt. Dabei hätte sie nicht nur manches phonetische Missverständnis verhindert, sondern auch besser seinem Naturell entsprochen. Denn sosehr er versuchte, sich der volksrepublikanischen Realität anzupassen – wozu ja auch die Namensänderung gehörte –, seine eigentliche Welt war die, in der er in der Kindheit gelebt hatte und die er seitdem immer in sich trug.

Jan Wyka: *Ein Galizier. Das ist es! Er war und blieb ein Galizier.*

Zu seiner galizischen Natur gehörten auch seine aristokratischen Snobismen, über die zwar oft geschmunzelt wurde, die man aber auch imponierend fand, weil sie auf einem enormen genealogischen Wissen basierten.

Karl Dedecius: *Er konnte stundenlang über Wiener, Lemberger, Warschauer, Berliner und Frankfurter Aristokraten- und Bürgerhäuser memorieren, Stammbäume wachsen lassen, Ketten von Daten aufsagen, Klatsch kolportieren, Anekdoten druckreif formulieren.*

Auch mit seinen anderen Schwächen ging man nachsichtig um: Für sein Wien-Faible hatten alle Verständnis, die ebenfalls in Galizien aufgewachsen waren – sie teilten diese Vorliebe. Seine Sucht nach der internationalen Resonanz erschien vielen insofern begreiflich, als die Auflagen seiner *Gedanken* recht niedrig waren und seine Popularität in Polen nach dem Erfolg im Ausland wesentlich gestiegen war. Und seine Eitelkeit verzieh man ihm schon deshalb, weil sie meist mit entwaffnendem Charme einherging.

Marcel Reich-Ranicki: *Als Lec mit einem Kollegen von Warschau nach Wien flog, fragte ihn dieser nach der Ankunft, ob ihm nicht aufgefallen sei, dass er während des ganzen Fluges nur über sich selbst gesprochen habe. Lec antwortete mit einer Gegenfrage: »Kennst du ein besseres Thema?«*

Wer ihn gut kannte, wusste außerdem, dass er zwar übertrieben oft von sich sprach, dabei aber immer die schwierigen oder tragischen Kapitel seiner Biographie ausließ. Und dass sich hinter der eitlen Fassade ein sehr bescheidener, selbstloser Mensch verbarg.

Karl Dedecius: *Er sprach von sich und dachte an die anderen. An seine Frau, an seine Schwiegermutter (*babcia, *die er sehr gern hatte), an seine Söhne, an seine Freunde und an seine Stadt.*

Er dachte freilich auch an seinen Ruhm, für den er so manchen verborgenen Traum hegte. Die Erfüllung des größten schien einmal nahe zu sein: Er wurde von einer jugoslawischen Zeitung unter den Anwärtern auf den Nobelpreis genannt. Dass es nur bei der Nennung blieb, wird ihn enttäuscht haben. Er hatte aber auch schnell einen tröstlichen Selbsthinweis parat:

> Folge nicht den Spuren der Großen. Du bleibst in ihnen stecken.

»Ich glaube, ich bin ein Dichter«

Anfang der sechziger Jahre begann Lec Gedichte zu schreiben, für die die Kritik bald die Bezeichnung »aphoristische Morallyrik« erfand. Es war eine Lyrik, in der an die Stelle beschreibender oder bekenntnishafter Äußerungen kurze, fast sentenzartige philosophische Aussagen traten.

Oskar Jan Tauschinski: *Immer deutlicher wandelte sich sein Gedicht zur intellektuellen Formulierung seiner Lebenserfahrung. Was für ihn bisher noch als Empfindung und Erlebnis Geltung gehabt hatte, reifte nun zur Frucht des Empfundenen und Erlebten: zur Erkenntnis.*

Diese neue Form brachte ihm zwar viel Anerkennung ein, dennoch zogen die Leser weiterhin seine satirischen Kurzformen vor: Epigramme, Xenien und natürlich vor allem Aphorismen.

Jan Koprowski: *Man wollte einmal Chopin überreden, eine Oper zu schreiben. Er tat es zum Glück nicht. Auf dem Klavier hat er alles gesagt, was er zu sagen hatte. Und er hat es meisterhaft gesagt. Auf die ihm eigene Weise, gemäß der Natur seines Talents. Ähnlich war es mit Lec. Epische Werke oder Dramen waren nicht seine Bestimmung. Er hat sich am besten in seinen Aphorismen artikuliert.*

Er tat, was sein Publikum von ihm verlangte, für seine Bestimmung hielt er dennoch die Poesie. Der Komplex, den manche bei ihm bemerkt haben wollten, seine permanente Suche nach Abdrucken und Rezensionen seiner Werke, resultierte also wohl auch daraus, dass man ihn als Lyriker nicht gebührend zur Kenntnis nahm. Und aus dem Wissen, dass die Gattung, in der er die größten Erfolge feierte, nicht die am höchsten geschätzte war.

Bei uns wird die Satire trotz ihrer scheinbaren Beliebtheit eigentlich stiefmütterlich behandelt, und zwar sowohl von der Gesellschaft als auch von den Kritikern. Im Falle eines Lyrikbands setzt sich eben nicht jeder Besitzer eines Füllers hin, um eine Rezension zu schreiben, doch jeder fühlt sich sofort berufen, seine Meinung über ein satirisches Werk zu sagen. Und die Gesellschaft, die zur Lyrik überhaupt eine laue Einstellung hat, greift nach der Satire als einem Ersatz für die fehlende Unterhaltungsliteratur.

Davon, dass die Rezensenten sich ungern auf anspruchsvolle Lyrik einließen, konnte er ein Lied singen. Seine dichterischen Publikationen wurden zwar nicht ignoriert, doch die Zahl der Kritiken, die zu einem neuen Lyrikband von ihm erschienen, wurde seinen Ambitionen als Dichter keineswegs gerecht: Auf zwanzig Besprechungen der *Gedanken* kam etwa eine, die sich auf seine Gedichte bezog.

Anna Kamieńska: *Seine Lyrik geriet in der Erfolgszeit der* Unfrisierten Gedanken *völlig in den Hintergrund, sie wurde übrigens auch vorher und nachher nie verbreitet oder mit Preisen bedacht.*

Die Höhe der Auflagen, die höchstens 2000 Exemplare betrug, womit sie auch in krassem Gegensatz zu den *Gedanken* stand, machte die Situation nicht besser. Kurz: Je größer Lec' Erfolg als Aphoristiker wurde, desto weniger Aufmerksamkeit schenkte man seiner Lyrik. Daran konnte auch die Tatsache nichts ändern, dass die Bände, die sein Spätwerk bildeten, *An Abel und Kain* (1961), *Der Steckbrief* (1963) und *Sprungbereite Poeme* (1964), in ziemlich kurzen und regelmäßigen Abständen erschienen und dass er in Interviews, die er in jener Zeit gab, immer wieder sein Selbstverständnis unterstrich.

Nun weiß ich, dass ich der Lyrik immer treu bleiben werde. Nicht aus Trotz, sondern weil ich der Meinung bin, dass die Lyrik zweifach bedroht ist. Einerseits von den Lesern, die sie nicht wahrnehmen, andererseits von den Dichtern, die zu viel davon schreiben.

Von sich selbst konnte er zwar nicht behaupten, er hätte zu viel Lyrik geschrieben, dennoch blickte er als Dichter auf einen recht langen Weg zurück: Hatten seine allerfrühesten Gedichte noch einen bombastischen Duktus und agitatorischen Charakter, so signalisierte schon sein dritter Band, *Pathetische Satiren,* jenen Sinn fürs Paradoxe, der den späteren Autor Lec charakterisieren sollte und der sich mit der Erfahrung des Krieges gewissermaßen vertiefte: Danach musste er seinen Platz und den seiner Zeitgenossen neu bestimmen – in einer Welt, in der das alte Wertesystem seine Gültigkeit verloren und die Bilder des Grauens alles andere überschattet hatten. Um aber nicht in das alte Pathos zu verfallen, suchte er nach neuen Ausdrucksmitteln: Ironie, bitterer Scherz, kühle Rationalisierung wurden zu jenem Instrumentarium, mit dem er die negativen Seiten dieser neuen Welt entlarven und eine Distanz zu den jüngsten Erlebnissen herstellen wollte. Er konnte die Erinnerung an Krieg und Vernichtung nicht loswerden, ja er wollte ausdrücklich seine Lyrik daraus schöpfen lassen, doch er tat es bewusst in einer scherzhaft-grotesken Sprache. Je mehr er allerdings nach den Mitteln der Satire und Parodie griff, desto mehr disziplinierte er sich in der Wortwahl.

Mit den Worten darf man nicht spielen, die erlauben es auch nicht. Man erkennt es ja sogleich in der Kunst, wer nur spielt.

Aus dieser Haltung ergab sich auch das generelle Signum seines Spätwerks: eine ständige Unterordnung der Form unter das gedankliche Konzept. In den Aphorismen funktionierte es meisterlich, während es den Gedichten dadurch manchmal an Leichtigkeit und Leidenschaft fehlte, sie wirkten unterkühlt, streng, zu sehr »konzipiert«. Und da Lec sich mit der Zeit immer beharrlicher als Dichter definierte und zugleich immer mehr verpflichtet fühlte, seinem Ruf als Aphoristiker gerecht zu werden, machte sich in seinem Werk zunehmend die gegenseitige Durchdringung beider Genres bemerkbar. Er schrieb Aphorismen, die zwei-, dreizeilige Gedichte waren, und Gedichte, die wie Aphorismen wirkten.

Wenn ein Dichter

Wenn ein Dichter
an Gittern rüttelt,
sage nicht, wie anders
klingen Harfen!

Und da sie, bevor sie in Buchform erschienen, oft einzeln und ohne Gattungsbezeichnung in der Presse abgedruckt wurden, setzte sich mit der Zeit die allgemeine Meinung durch, dass Lec' Geisteswelt sich am besten zwischen den Gattungen realisiere.

Aus einem Interview:

Frage: *Als jemand, der gleichzeitig Lyriker und Satiriker ist, haben Sie wohl die Möglichkeit, selber zu bestimmen, in welchem Teil einer Zeitung Ihr Werk erscheinen soll?*

Antwort: *Ich bin oft in einer ähnlichen Situation wie der Wiener Bürgermeister Karl Lueger, der sich einmal furchtbar aufregte, als man ihm, der auch Anführer einer antisemitischen Gruppierung war, den Vorwurf machte, er habe ausschließlich jüdische Freunde. Daraufhin rief er irritiert aus: »Wer ein Jude ist, bestimme ich!« So ist es auch mit mir. Eine winzige kosmetische Operation, ein schnelles Hinzufügen des Wörtchens »lyrisch« kann die Aufmerksamkeit der wachsamen Redakteure täuschen und mein Gedicht oder Epigramm von der letzten Seite auf die erste bringen. Denn in Polen hat es sich eingebürgert, dass jedes lyrische Gestammel (und sei es mein eigenes) an den Anfang gehöre und ein noch so ausgezeichnetes Scherzgedicht an das Ende. Allerdings herrscht auch in Polen die Sitte, die Zeitungen von hinten zu lesen.*

Im Ausland, wo seine Gedichte selten erschienen, stellten sich solche Unterscheidungsfragen nicht. Doch ließ man ihn dort ohnehin unmissverständlich spüren, dass man vor allem an seinem aphoristischen Werk interessiert war, und achtete kaum darauf, welchen Stellenwert er selbst ihm zuschrieb.

Salomon Łastik: *Dabei betrachtete er die* Unfrisierten Gedanken *nur als ein Nebenprodukt. Als ich einmal erwähnte, dass auch Krylov, der jahrelang Oden und Poeme schrieb, den Weltruhm seinen Märchen verdankt, die er selbst als weniger wichtig ansah, antwortete er: »Ich weiß, aber sie sollten trotzdem meine Lyrik übersetzen.«*

Dies tat man aber nur selten. Karl Dedecius etwa übertrug zwar mehrere seiner Gedichte, vor allem aber besorgte er immer neue Ausgaben der *Unfrisierten Gedanken* und übersetzte außerdem andere polnische Dichter. So steuerte er maßgeblich dazu bei, dem »Hauptquartett« der polnischen Lyrik – Miłosz, Różewicz, Herbert, Szymborska – zum Weltruhm zu verhelfen. Und Helene Lahr, die »Dichterin seiner Gedichte«, wie Lec sie genannt hatte, war nicht mehr da: Sie war im Jahre 1958 überraschend gestorben.

Undatierter Brief an Oskar Jan Tauschinski (1958):

Lieber Herr Jan,
mir fehlen einfach die Worte angesichts des Todes von Frau Helene. Ich muss Ihnen gestehen, dass ich am liebsten vor diesem Beileidsbrief gekniffen hätte.
Als Sie mir von Frau Helenes Krankheit schrieben, wollte ich nicht glauben, dass es etwas so Ernstes ist. Und jetzt plötzlich dieser Donnerschlag! Unsere Leben waren ja so eng miteinander verwoben. Durch die subtilsten Bande, die es überhaupt geben kann – durch die Poesie. Wir waren, um es auf deutsch zu sagen, »nicht voneinander wegzudenken«.
Als ich durch den Schlitz im Briefkasten den Umschlag mit der schwarzen Umrahmung und die österreichische Briefmarke sah, hatte ich nicht den Mut, ihn aufzumachen.
Herr Jan, ich bitte Sie wirklich sehr, mir nach einiger Zeit zu schreiben, wie es Ihnen ergeht, und mir zu glauben, dass ich in Gedanken wirklich dort, in der Favoritenstraße, bei Ihnen bin. Denken Sie daran!
Mit den herzlichsten Grüßen
St. J. Lec
PS. Wenn ich ein Bild der seligen Frau Helene bekommen könnte, würde ich es in einer der literarischen Zeitschriften unterbringen. Polen soll wenigstens jetzt nachholen, wozu unsere Vertretung in Wien (über so viele Jahre) nicht fähig war.

Oskar Jan Tauschinski kam über den Tod seiner Lebensgefährtin noch lange nicht hinweg. Trotz des beachtlichen Altersunterschieds – er war zwanzig Jahre jünger – war es eine glückliche Beziehung gewesen, die nicht zuletzt auf der gemeinsamen Leidenschaft, dem Übersetzen polnischer Literatur, basiert hatte. Nur wenige konnten seine Trauer besser nachempfinden als Lec, der die beiden unzählige Male zusammen erlebt und von ihrer Übersetzungspassion mehrmals profitiert hatte. Als Tauschinski allerdings einige Zeit später einen Selbstmordversuch unternahm, zeigte er kein Verständnis, obwohl er sich an jenen dunklen Moment während des Krieges, in dem er selbst nur einen Schritt vom Suizid entfernt gewesen war, noch gut erinnern musste.

Aus einem undatierten Brief an Karl Dedecius (1960 oder 1961):
Der arme Kerl versuchte im Sommer sich umzubringen, man hat ihn im letzten Moment gerettet. Er fühlt sich so einsam seit dem Tod von Helene Lahr. Ich weiß nicht, wie es ihm jetzt geht. Vielleicht ist er mir böse, denn auf sein Schreiben, in dem er mir nach Monaten von seinem Selbstmordversuch berichtet hatte, antwortete ich mit einem wütenden, empörten Brief – mit Vorwürfen wegen des »idiotischen Veronals« usw. – und brachte meine Entrüstung darüber zum Ausdruck, dass jemand, der in Wien lebt, überhaupt auf eine solche Idee kommen kann.

Eine Zeitlang herrschte zwischen den beiden Freunden Schweigen, doch spätestens im Sommer 1963 kam es zu einer Versöhnung, die auch bald neue literarische Früchte trug: Zumindest in dieser Hinsicht hatte Tauschinski den ersten Schritt getan und Lec mit weiteren Übersetzungen seiner Gedichte erfreut. Von jetzt an galt er in dessen Augen als der würdige Nachfolger von

Helene Lahr. Und da er gelegentlich, wie gesagt, von anderen Übersetzern unterstützt wurde, konnte Lec ohne Bedenken in einem deutschsprachigen Rundfunksender verkünden:

Ich glaube, ich bin ein Dichter. Ich nehme mir die blaue Blume vor den Mund.

Der Aphoristiker an seinem Schreibtisch
(sechziger Jahre)

In den letzten Lebensjahren sorgte er mit immer größerem Nachdruck dafür, dass der Fleiß seiner Lyrik-Übersetzer nicht nachließ. Als er im Sommer 1964 nach Wien kam, brachte er einen Stoß maschinegeschriebener Gedichte mit – das Manuskript der *Sprungbereiten Poeme* – und gab Tauschinski genaue Anweisungen, welche von ihnen er übersetzen sollte. Die Auswahl erschien in der Septemberausgabe der Zeitschrift *Wort in der Zeit*, fast zeitgleich mit der polnischen Buchausgabe.

Oskar Jan Tauschinski: *Waren die vorangegangenen Bändchen voll von lyrisch formulierter Aphoristik gewesen, so hatte er in den* Poemen *Spruchweisheiten zu Ketten zusammengeschlossen, zu Sequenzen verbunden und zwischen den glühenden Appellen zur Einsicht und den eisig blitzenden Urteilen und Verurteilen mit aller Bestimmtheit dunkle, scheinbar hohle Räume ausgespart, die in Wahrheit angefüllt sind mit jenem Grauen vor dem bewunderten Phänomen Leben und jenem Schaudern vor der schmerzlich geliebten Welt, die Lec immer dann überkamen, wenn er sie nach eigenen Worten nicht mehr »mit Augenzwinkern als einen grandiosen Scherz eines gewaltigen Demiurgen« zur Kenntnis nehmen konnte.*

Als würde er spüren, dass der Band *Sprungbereite Poeme* sein letzter werden sollte, schloss er ihn mit einem kleinen, titellosen Gedicht ab, in dem er in perfekter Kurzform sein Leben als Dichter zusammenfasste:

Ich reife spät.
Hoch lag der Schnee in mir.
Auf meinem Eis gelagert,
die Früchte
sind frisch
wie am Tag des ersten
Erstaunens.

Im Spätherbst 1964 war er wieder in Wien. Am 20. November hatte er als Gast der Österreichischen Gesellschaft für Literatur einen Autorenabend im Palais Palffy. Er las einige Gedichte aus dem Band *Sprungbereite Poeme* und eine Handvoll neuester *Unfrisierter Gedanken*, die Tauschinski – den er übrigens an diesem Abend zum letzten Mal sah – eigens für diesen Anlass übersetzt hatte. Sein Auftritt wurde mit großem Applaus bedacht, danach wurde er von Journalisten belagert, die nicht zuletzt nach seinen Zukunftsplänen fragten. Ob eine neue Ausgabe seiner Aphorismen geplant sei, ob er noch lange in dieser Art schreiben werde, wollten sie wissen – und waren überrascht, als er plötzlich von seinen Träumen sprach, die einem ganz anderen Genre galten.

Ich möchte Prosa, Prosa schreiben. Aber ich fürchte mich vor ihrer vermeintlichen Freiheit. Ich schreibe ganz kleine Prosa – einiges ist auch schon auf deutsch erschienen. Das heißt *Kleine Mythen* und ist eine ganz winzige Prosa von fünf Sätzen, sechs Sätzen.

Für die polnischen Leser waren diese Miniprosastücke keine Überraschung: Sie wussten, dass die *Kleinen Mythen* derselben Imagination entsprungen waren, die auch immer neue *Unfrisierte Gedanken* hervorbrachte, nur dass in dem Fall eine Sentenz durch eine Anekdote ersetzt wurde.

> *Traumverbot*
> Es war im Staate X. Ich nahm ein Hotel, legte mich müde zur Ruhe, schlief ein. Ich weiß nicht, wie lange ich geschlafen hatte, als mich plötzlich ein heftiges Klopfen an meiner Tür weckte. Es war der Hausmeister: aufgebracht und streng. »Ich bitte Sie« – rief er, schrie er fast – »bei uns wird geschlafen, nicht geträumt.«

Doch obwohl Lec' Vielseitigkeit in Polen besser bekannt war, bat man ihn gelegentlich auch dort um eine Selbstdefinition. Oder vielleicht gerade deswegen: Einer, der sich gleichzeitig als Dichter, Satiriker, Aphoristiker, Übersetzer und Prosaautor bezeichnen durfte, passte in kein vorgegebenes Schema.

Ich sage immer, ich bin halb Satiriker, halb Lyriker, ich weiß nicht, senkrecht oder waagrecht, aber ich bin es doch. Ich bin noch im Werden, ich betrachte mich noch als jungen Künstler, obwohl das Jahresdatum mich verrät. Aber solange man lebt, muss man noch im Werden sein, sonst ist man ja schon tot.

Das Ende

Was er im übertragenen Sinne meinte, sollte bald traurige Realität werden. Gesundheitliche Probleme waren längst Teil seines Alltags geworden, doch versuchte er weiter so zu leben, als hätte sich nichts geändert. Spaziergänge, Telefongespräche mit Freunden, Kaffeehausbesuche – niemand sollte etwas merken.

Anna Kamieńska: *Lec brilliert wie immer, setzt sich mal an den Tisch, mal an jenen, wirft mit Kalauern und Repliken um sich. Wir machen uns nichts draus, dass er gelegentlich über seine Gesundheit klagt – wir sind es gewohnt.*

Für seine ausländischen Freunde hörten sich diese Klagen aber durchaus beunruhigend an, zumal in seinen Briefen von wirklich ernsthaften Erkrankungen die Rede war.

Brief an Karl Dedecius:

Warschau, 3.1.1965

Lieber Herr Karl!
Ich kam aus dem Sanatorium zurück, weniger gesund als schön, und liege wieder danieder – Gelbsucht. Ich habe sie durch die vielen Transfusionen und Tropfen bekommen. Eine quälende Krankheit, vor allem nach meiner Operation und nach der Lungenentzündung, die ich beide, wie ich post factum erfahre, gleichzeitig »bewältigt« habe. Ich bin mit dieser Gelbsucht sogar zum Impfen gegangen, aber jetzt hat mich eine starke Schwäche doch ins Bett geworfen.
Seit einem halben Jahr schreibe ich nichts. Was nicht bedeutet, dass ich nicht publiziere – wahrlich! Wann das ein Ende

nimmt, »das wissen nur die Götter«, doch sie wollen es mir nicht verraten. Diese Arbeitslosigkeit setzt einem zu. Wann kehrt die Sturm-und-Drang-Periode wieder? Wenn ich es so sagen darf.
Sie arbeiten natürlich mit Volldampf (im Zeitalter des Atoms). In der allernächsten Zeit soll die 2. Auflage der Neuen unfrisierten Gedanken *erscheinen, inhaltlich unverändert, aber graphisch eigenartig gestaltet. Ich sah den Entwurf nicht, lag im Spital (tröstete mich aber damit, dass sie ihn mir sowieso nicht gezeigt hätten, wie das so der Brauch ist).*
Ich werde es nicht versäumen, Ihnen dieses Produkt zu senden.

Ich und alle Mitunterschriebenen
grüßen Sie herzlich zum Neuen Jahr.
Auf Wiedersehen,
St. J. Lec

Anfang März schrieb er aus London an Dedecius, er wolle nach Paris fahren und dann in Deutschland Station machen, doch »irgendeine schlimme Krankheit« komme auf ihn zu. Im Endeffekt kürzte er seine Reise ab und beschränkte sich nur auf Paris. Er stieg in einem kleinen Hotel im Quartier Latin ab, wo er zufällig Wiktor Woroszylski begegnete – dem jüngeren Dichterkollegen, dessen erste Satire er vor langer Zeit korrigiert hatte.

Wiktor Woroszylski: *Jeden Morgen verbrachten wir eine Stunde bei Baguette und Café au lait im Frühstücksraum des kleinen Hotels an der Rue du Sommerard, ich hörte mir an, was er in Paris so trieb (er ging nicht in Museen, sondern bevorzugte auch hier die Straße und den Kaffeehaustisch), und es kam mir so vor, als wären wir an dem Ort, wo er sich am liebsten aufhielt und ich nie wirklich gewesen war: im alten Wien, in einem Lokal am Ring, dessen Aura er immer mit sich trug und überall, wo er hinkam, wie eine unsichtbare Dekoration aufstellte.*

Diesmal korrigierte Lec keine fremden Texte, er hörte nur gelegentlich zerstreut dem Hotelbesitzer zu, der sich manchmal als Dichter versuchte und ihm seine Gedichte vorlas. Oder er schickte Karten mit der Ansicht von Notre Dame an Freunde in Warschau.

Karte an Jan Śpiewak und Anna Kamieńska:

1. April 1965

Meine Lieben!
Das ist also Paris, das mich mit einem Frühlingsausbruch begrüßte. Ich wohne direkt neben diesem wunderbaren Ungeheuer. Ich bin sonst nur in Wien so fromm wie jetzt – dort bin ich jeden Tag bei St. Gregor, hier in der Notre Dame.
Ich drücke Euch herzlich,
Stach

Ob die Behauptung von den täglichen Kirchengängen wörtlich zu nehmen war? Gott, Religion, Frömmigkeit: Diese Themen kamen in seinen Gesprächen nicht oft vor, weshalb auch unterschiedliche Meinungen zu seiner Religiosität herrschten. Jan Śpiewak etwa behauptete, Lec sei in seiner Jugend getauft worden und würde sich zum Katholizismus bekennen. Gabriel Laub hielt ihn für einen Atheisten – vielleicht weil er bei einem Besuch in Prag (Laubs damaligem Wohnort) und der Suche nach den dortigen Spuren seiner Familie verkündet hatte, er sei ein Freidenker dreifachen Glaubens: des katholischen, jüdischen und protestantischen. Und Jan Twardowski, ein Dichter und katholischer Priester, der wenige Monate vor Lec' Tod ein langes Gespräch mit ihm hatte, hielt ihn ausschließlich für einen Protestanten. Sie hätten, erzählte er später, über Lieblingsthemen des Aphoristikers – ausländische Ausgaben seiner Bücher und den Kaiser Franz Joseph –, aber auch über den Glauben, das

Gebet, die Kirche und die Ökumene gesprochen. Lec sei von einer entwaffnenden Offenheit gewesen, und plötzlich habe er ungefragt gesagt, er sei evangelischen Glaubens und pflege Kontakte zu einigen Pastoren. Er habe dabei allerdings nicht den Eindruck gemacht, als würde er diese Selbstauskunft ganz ernst meinen.

Jan Twardowski: *Wäre ich ein Musiker, würde ich sagen, der Basso Ostinato unseres Gesprächs war das Thema des menschlichen Gewissens, das er als ein Gefühl der Verantwortung für sich selbst und die Welt, in der wir leben, verstand. Er sprach darüber natürlich nicht in der Predigersprache, sondern in der Sprache eines Satirikers, Spötters und Philosophen. Er scherzte, dass man ein reines, ein ungebrauchtes Gewissen haben müsse, ohne zu vergessen, dass auch dessen Stimme einen Bruch erleiden könne.*

Dieser Gedanke hatte Lec schon immer gefallen. Nicht zufällig lautete einer seiner frühesten Aphorismen, der dann gelegentlich von Moralaposteln verschiedener Couleur in bezug auf umstrittene Persönlichkeiten gebraucht wurde (etwa auf Ronald Reagan bei seinem Besuch in Berlin):

Sein Gewissen war rein. Er benutzte es nie.

Die Eskapade nach London und Paris war eine von Lec' letzten Auslandsreisen. London, wo er seinen Cousin, Ignatius Horatio de Safrin, besuchte – einen Bleistiftfabrikanten, der teils in England, teils in Indien lebte –, sagte ihm mehr zu als Paris, angeblich weil ihn die dortigen Cafés stärker an die Kaffeehäuser Warschaus und Wiens erinnerten. Eines, das ihm besonders gefiel, hieß »Vanity Fair« und befand sich in der Nähe der Wohnung seines Verwandten. Ihn selbst sah er bei diesem Besuch zum letzten Mal. Und auch Wiktor Woroszylski, seinem Pariser Begleiter, sollte er nie wieder begegnen.

Wiktor Woroszylski: *Es gab nur noch ein Telefonat, bei dem ich ihn bat, für eine Anthologie, die ich gerade für einen Verlag vorbereitete, ein Gedicht von Erich Kästner zu übersetzen. »Ich würde es gern tun«, sagte er mit müder Stimme. »Wissen Sie, ich habe dieses Gedicht sogar schon einmal übersetzt, aber der Text ist verlorengegangen, und jetzt habe ich keine Kraft, ich bin nicht in Form …« Ich war so töricht zu versuchen, ihn umzustimmen. Ich wusste nicht, wie krank er war.*

In jenem Frühjahr 1965 fuhr Lec auch wieder nach Wien, doch selbst seine Traumstadt hatte für ihn ihren Reiz verloren:

In Wien habe ich keine einzige Strophe geschrieben. Ich gehe an dem dortigen Leben gleichgültig vorbei. Erst wenn ich wieder in Warschau bin und im Café des Schriftstellerverbandes sitze, fühle ich, dass all das, was um mich herum passiert, mein wirkliches Leben ist. Ich freue mich über die Erfolge, rege mich über die Mängel auf und – schreibe!

Er wusste, dass ihm nicht mehr viel Zeit dafür übrigblieb: Bei der besagten Operation hatten die Ärzte entdeckt, dass er unheilbar an Krebs erkrankt war. Schon bald nach diesem letzten Wien-Besuch war ihm die Krankheit stark anzumerken.

Adolf Rudnicki: *Ich sah ihn zum letzten Mal im Sommer 1965. Er war furchtbar abgemagert. Später im Krankenhaus soll er gesagt haben: »Jetzt bin ich nur noch Halbjude.« Und das auf deutsch, in der Sprache seiner Kindheit.*

Apropos Deutsch: Seinen engen Freund und besten Übersetzer, Karl Dedecius, konnte er noch empfangen. An einen Spaziergang im alten Stil, an das »Abschreiten« der Warschauer Kirchen und Paläste, war aber nicht mehr zu denken.

Karl Dedecius: *Ich sah ihn zum letzten Mal im November 1965. Er erfuhr von meiner Ankunft, verließ das außerhalb von Warschau gelegene Sanatorium und kam mir am Stock entgegen.*

Auf den Beginn des Jahres 1966 reagierte er mit seltsamer Unruhe. Schließlich vertraute er Jan Śpiewak an, er habe Angst, er würde es nicht überleben; es gebe in der Jahreszahl eine zu starke Kondensation der Zahl 22, die in seinem Leben schon immer eine entscheidende Rolle gespielt habe. Er stieß auf eine verblüffte Reaktion – in den Augen seines Freundes war er immer noch in guter Verfassung. Doch seine Intuition hatte ihn nicht getäuscht, und bald begann zwischen ihm und seiner Umgebung jenes Spiel, dass fast bis zum Schluss dauern sollte: Beide Seiten taten so, als würden sie die Wahrheit nicht kennen.

Leopold Lewin: *Einen intellektuell immer noch sehr wachen Menschen zu erleben, von dem man wusste, dass er bald sterben würde, war eine unbeschreibliche Qual. Und Lec verhielt sich manchmal so, als würde er nichts wissen und nichts ahnen, und dann wiederum gab er mit einem Wort oder einer Geste zu verstehen, dass er alles wusste. Nur sein typisches Lächeln eines Skeptikers wurde mit jedem Tag trauriger.*

Selbst der Gedanke an den »Fallschirm«, wie er und seine galizischen Freunde in schwierigen Momenten des Lebens die Erinnerung an die glücklichen Kindheitsjahre genannt hatten, war kaum imstande, seine Stimmung zu heben.

Andrzej Kuśniewicz: *Als jemand einmal davon anfing, was für ein Segen es doch sei, so einen »Fallschirm« zu haben, lächelte Lec nur. Er war schon sehr krank, und das wusste er genau. »Ja, da ist was dran«, murmelte er und wechselte das Thema. Er hatte Angst*

Letztes Foto von Stanisław Jerzy Lec

davor, in Gegenwart von Nichteingeweihten darüber zu sprechen, selbst wenn ihn eine langjährige Bekanntschaft oder Freundschaft mit ihnen verband. Ganz besonders in Gegenwart von Menschen, die keine Ahnung von den Proportionen und Nuancen der poetischen Distanz hatten, von Grüblern ohne Sinn für Humor, die alles ernst und übel nahmen. Er fürchtete ihren Spott und hütete unser Geheimnis wie einen Schatz.

Die Krankheit schritt unaufhaltsam fort. Der einst so kräftig gebaute Mann war zusammengefallen, sein Gesicht wirkte fast durchsichtig. Gegen den Verfall des Körpers kam er nicht an, der Kampf um die Wachheit des Geistes gelang ihm besser. Aktuelle Ereignisse wie die Tausendjahrfeier der polnischen Staatsgründung, die 1966 stattfand und auf die sich das Land seit langem und mit großem Pomp vorbereitet hatte, interessierten ihn wenig. Über historische Fakten, die mit seinem eigenen

Leben verbunden waren und an die er sich in allen Details erinnerte, sprach er aber nach wie vor sehr gern.

Andrzej Kuśniewicz: *Einmal, als ich den kranken Lec besuchte, rief seine Cousine aus Wien an. Nach einem kurzen Gespräch, in dem er ihr von der unlängst überstandenen Operation erzählte, sagte er auf deutsch zu ihr: »Weißt du, hier sitzt bei mir mein Freund, auch ein Urwiener wie ich …« – und gab mir den Hörer. Das ganze weitere Gespräch drehte sich um Wien, zum Erstaunen seines Sohnes, der wissen wollte, was das für ein lustiger Mann in Uniform auf der Medaille sei, die ich seinem Vater mitgebracht hatte, um ihm eine kleine Freude zu machen. Lec war von der Ignoranz des Jungen unangenehm berührt: »Was? Du weißt es nicht? Das ist doch unser Stabschef!« Es war eine Medaille, die 1915 zu Ehren des Generals Conrad von Hötzendorf gepresst worden war.*

Bald sollten Besuche wie dieser zu den einzig möglichen Freundschaftsbeweisen werden. Telefonate, die er einst stundenlang führen konnte, fielen immer kürzer aus, schließlich hörten sie ganz auf. Er hatte nicht mehr die Kraft, eine Nummer zu wählen. In den seltenen Augenblicken, in denen er den Stift halten konnte, versuchte er zu schreiben, notierte mit zitternder Hand letzte Aphorismen. Der allerletzte soll gelautet haben:

> Der Mensch ist die Krone der Schöpfung.
> Wie schade, dass es eine Dornenkrone ist.

An den neu entstehenden Ausgaben seiner Geistesblitze konnte er sich allerdings nicht mehr erfreuen.

Karl Dedecius: *Im Frühjahr legte man ihm seine neueste Epigrammsammlung zur Korrektur vor. Er hatte keine Kraft mehr,* *daran zu arbeiten, er winkte ab: »Ich habe Wichtigeres zu tun. Ich bin mit dem Sterben beschäftigt.«*

Dies teilte er auch den Behörden mit, als er plötzlich wenige Tage vor seinem Tod zu einem Verhör vorgeladen wurde. Seine Antwort: »Ich bedaure sehr, Ihrer Einladung nicht nachkommen zu können. An besagtem Tag werde ich bereits tot sein. Lec.« Nur mit Freunden sprach er bis zum Schluss weder über seine Krankheit noch über den Tod. Er versuchte zu scherzen, tapfer zu sein.

Andrzej Kuśniewicz: *Ich besuchte ihn im Krankenhaus, als er vor sich hin dösend niemanden mehr erkannte, einen Tag, vielleicht einige Stunden vor seinem Tod. Er hob die Augenlider, als ich leise sein Zimmer betrat, murmelte sein – unser – übliches »Servus« und machte eine schwache Handbewegung, als wollte er sich von mir verabschieden. Ja, mit diesem österreichischen, kollegialen »Servus« begrüßten sich Offiziere, die rote Hosen der k. u. k. Kavalleristen trugen – damals, in den Jahren unseres gemeinsamen »musealen Frühlings«.*

Stanisław Jerzy Lec starb am 7. Mai 1966, gegen 15 Uhr im Warschauer Hospital der Wandlung des Herrn. Wenige Wochen zuvor war er 57 Jahre alt geworden. In der Presse erschien nur eine kurze Todesanzeige:

Stanisław Jerzy Lec
Dichter, Satiriker, großer Aphoristiker
Ein lieber Freund
Geb. am 6. März 1919 in Lemberg
Gest. am 7. Mai 1966 in Warschau

Karl Dedecius: *Er hatte seit langem keine Briefe mehr geschrieben, und so erfuhr ich erst auf Umwegen von seinem bedenklichen Zustand. Am 10. Mai flog ich mit guten Botschaften und etwas Hoffnung nach Warschau. Im Flugzeug der polnischen* LOT *wurden Zeitungen verteilt. Ich bekam die* Życie Warszawy, *blätterte oberflächlich darin und las die lakonische Notiz: »Die Beisetzung des Satirikers Stanisław Jerzy Lec findet morgen, am Mittwoch, den 11. Mai, auf dem ehemaligen Militärfriedhof statt.«*

Das Begräbnis selbst glich dem eines Staatsmanns: Prominente Schriftsteller hielten Ehrenwache, Tausende von Warschauern folgten dem Sarg, Soldaten feuerten Salutschüsse ab, ein Orchester spielte den Trauermarsch von Chopin.

Marcel Reich-Ranicki: *Einen Schalk und Narren hat man wie einen Helden zu Grabe getragen. Ja, Polen ist ein sonderbares, ein originelles Land. Ob Stanisław Jerzy Lec wirklich ein Held war – ich weiß es nicht. Aber er war, dessen bin ich mir sicher, der weitaus bedeutendste europäische Aphoristiker in der zweiten Hälfte unseres Jahrhunderts.*

Die Treffsicherheit mancher seiner Aphorismen wurde auch in dieser letzten Stunde seinen Freunden zum Trost.

Er ist nicht tot. Er hat nur seine Lebensweise geändert.

Diesen *Gedanken* griffen die Grabredner besonders gern auf – wenn auch mit dem Ausdruck tiefer Trauer.

Adam Tarn: *Ich bin mir absolut sicher, dass jeder von uns einen oder sogar mehrere Aphorismen von ihm kennt, die er sich in schwierigen Augenblicken ins Gedächtnis ruft, als würde er bei ihm Rat holen. In meinem Fall ist es folgender: »Wer die Welt mit* *zusammengekniffenen Augen betrachtet, kann leichter die Tränen verbergen.« Ich habe aus diesem Gedanken oft als einer Quelle der Nachsicht geschöpft. Heute geschieht es zum ersten Mal, dass er mir gar nicht hilft.*

Auch in anderen Ländern reagierte man auf Lec' vorzeitigen Tod mit großem Bedauern und wies ihm bald einen festen Platz im literarischen Pantheon zu. Selbst das Moskauer Blatt *Literaturnaja Gazeta* nannte ihn »einen der größten Satiriker unserer Zeit«.

In den ersten zehn Jahren nach seinem Tod war die Erinnerung an ihn noch sehr lebendig, zumal im Jahre 1974 ein opulenter Band erschien, in dem Freunde, Kollegen und Kritiker über ihn, sein Leben und sein Werk sprachen – eine publizistische Würdigung, die nur wenigen Schriftstellern zuteil wurde. Dann fing er allmählich an, in Vergessenheit zu geraten. Die Prophezeiung seines besten Freundes, Jan Śpiewak, der ihn übrigens nur um ein Jahr überlebt hatte, schien immer mehr in Erfüllung zu gehen.

Jan Śpiewak: *Wenn ein Dichter stirbt, vereinsamen die Manuskripte. Entfernen sich seine Fotografien. Der Mensch gewinnt an Perspektive. Die edierten Werke müssen jetzt kraft eigener Vitalität bestehen.*
Nun werden sich die Leser, die den Autor nicht gekannt haben, ein immer neues, imaginäres, also eigenes Bild von ihm machen. Die nächsten Freunde werden seine Gestalt aus dem Gedächtnis rufen, aber auch diese Erinnerung wird mit den Jahren halb authentisch, halb erfunden.

Erst während der Gewerkschaftsbewegung »Solidarność« (1980/81) besann man sich auf die Aktualität mancher *Unfrisierter Gedanken* und schrieb sie bei Streiks und Demonstrationen auf die Plakate. Als geistiger Vater einer Revolution war Lec bestens geeignet. Er war ja selbst immer ein Rebell gewesen, nur hatte seine Rebellion zuerst einen antibürgerlichen, dann einen antifaschistischen und schließlich einen antitotalitären Charakter gehabt.

Selbst Tote schweigen – bis die Zeit für sie zu reden anfängt.

Die Wiederentdeckung seines Werks machte sich sofort auch in Form neuer Würdigungen im Ausland bemerkbar: Als im April 1982 das Frankfurter *Börsenblatt* einer Gruppe von Kritikern und Verlegern die Frage stellte, welche europäischen Schriftsteller die Chance hätten, das zwanzigste Jahrhundert literarisch zu überleben, nannten die Befragten siebenundzwanzig Namen, unter ihnen den irischen Dramatiker Samuel Beckett, den französischen Romancier Marcel Proust und – den polnischen Aphoristiker Stanisław Jerzy Lec.

In Polen wurde die vollständige Rezeption seiner Texte erst nach der Wende von 1989/90 möglich. Im Jahre 1991 erschien eine Ausgabe der *Unfrisierten Gedanken*, die zwar nicht komplett war, doch immerhin über zweitausend Aphorismen enthielt, darunter viele der früheren, durch die Zensur unterdrückten. Das Interesse der Leser, die gerade damit beschäftigt waren, die rasante Transformierung ihres Landes zu verfolgen, hielt sich allerdings in Grenzen. Und die Kritiker und Kollegen äußerten sich zwar positiv – einer meinte sogar, Lec sei das Wertvollste, was von den Jahren bolschewistischer Macht übriggeblieben sei –, doch sie taten es oft in einer knappen, wenig aussagekräftigen Form. Nur einige wenige gingen dabei ins Detail.

Leszek Kołakowski: *Lec war eine einmalige Erscheinung aus dem Kreise jener besonderen polnischen Subkultur, die der Hit-*

lerüberfall unwiederbringlich vernichtet hat und deren Reste nur in Einzelexemplaren überlebten; letzte Zöglinge der galizischen Jeschibots, gescheiterte Rabbiner, Menschen, die ihre hervorragenden kulturbildenden Werke dem Umstand zu verdanken scheinen, dass sie von einer anderen Tradition erfüllt sind. Hervorragende Talente werden oft an Schnittpunkten unterschiedlicher Traditionen geboren, als würde erst die Anstrengung, verschiedene Kulturen zu amalgamieren, diejenige reflexive Distanz gegen alles ermöglichen, welche jedes wirklich fruchtbare Kunstschaffen bedingt.

Andere, die versuchten, das Phänomen Lec zu ergründen, hoben neben seiner polnisch-jüdischen Herkunft bestimmte Fakten aus seiner Biographie hervor.

Wiktor Woroszylski: *Während des verbrecherischen Hitler-Regimes fand er sich unter den Partisanen wieder, die mit der Waffe in der Hand ihr Leben und ihre Würde verteidigten. Dann erlebte er die pathetische Einsetzung der neuen Macht in Polen und die Deformationen des Stalinismus. Er war zweifelsohne ein ungewöhnlicher Geist, doch ich bezweifle, ob dieser Geist auf einem anderen Boden und mit einer anderen Geschichte und Biographie ähnliche Früchte getragen hätte.*

Eine weitere, noch umfangreichere Ausgabe der *Unfrisierten Gedanken* folgte 1996, zu Lec' dreißigstem Todestag. Den größten Erfolg aber feierte ein Buch, das zwei Jahre später auf den Markt kam und der Publizistin Lidia Kośka, seiner heutigen Herausgeberin, und dem Grafiker Tomasz Lec, seinem jüngeren Sohn, zu verdanken war: eine attraktiv gestaltete, mit Fotos und kurzen Zeitzeugenaussagen geschmückte Auswahl seiner Werke, die mit dem vielzitierten Gedicht *Wiener Kaprice* aus dem Jahre 1948 begann:

Durch Irrtum Jahrzehnte zu spät
geboren, raffe ich mich
im letzten Moment zusammen,
um nicht auf die Straße zu laufen
paradeuniformiert
als Rittmeister der k. und k.
Kavallerie ...

Im Jahre 2006 schließlich erschienen *Alle unfrisierten Gedanken,* und die Leser staunten nicht nur über deren enorme Zahl – es waren 4711, wobei die Nachlassverwalter von 4765 ausgehen und weitere Funde für möglich halten –, sondern auch darüber, wie aktuell viele dieser Aphorismen geblieben waren. Aus der zeitlichen Perspektive von über vierzig Jahren wurde das Doppelspiel noch deutlicher, das der Literat Lec geführt hatte – mit dem Zensor, den er immer wieder hinters Licht führen musste, aber auch mit dem Publikum, dem er einiges abverlangte: gute Allgemeinbildung, Sensibilität und die Fähigkeit, hinter dem Wortsinn seiner Texte noch eine zweite oder dritte Bedeutung zu erspähen. Davon, dass er in Zeiten der beginnenden Massenkultur schrieb, ließ er sich nicht beeindrucken – er wollte dennoch einen elitären Leser. Die Tatsache, dass er sich selbst am liebsten in der Pose eines als Hofnarr verkleideten Philosophen darstellte, war nur ein weiterer Beweis dieses Anspruchs.

Lidia Kośka: *Der Hofnarr schuf Epigramme, der Philosoph – Paradoxa. Bei dem einen wie bei dem anderen war der Sinn in der Vieldeutigkeit zu suchen.*

Je älter Lec' Werk wird, je mehr die Zeit seiner Entstehung in die Ferne rückt, desto öfter stellen sich Kritiker die Frage, wie modern es sei. Fazit von Leszek Bugajski, einem der bekanntesten Literaturwissenschaftler mittlerer Generation: Wenn die

Kriterien dafür intellektuelle Reife, extreme Sparsamkeit in der Anwendung der Mittel und die Berücksichtigung unserer historischen Erfahrungen seien, dann müsse man dieses Werk sogar für den Gipfel der Modernität halten.

Leszek Bugajski: *»Fasse dich kurz. Die Welt ist mit Worten übervölkert«, hat er einmal geschrieben. Heute klingt die Formulierung »übervölkert« viel zu mild. Es ist eine Überschwemmung, eine Sintflut sinnlosen Geredes, die alles mit sich reißt und von überall her fließt. Vielleicht ist das der wichtigste Grund dafür, dass Lec langsam in Vergessenheit gerät. Der moderne Mensch hat immer größere Mühe, so kondensierte Gedanken, wie Lec sie hinterlassen hat, zu verstehen, er erstickt an den Pillen, die er ihm zubereitet hat. Der moderne Mensch ist es gewohnt, einen Brei hinunterzuschlucken, der nicht zwischen den Zähnen hängenbleibt, sondern ganz zermalmt und zerdrückt ist – und immer weniger Geschmack hat.*

Könnte man Lec nach seiner Meinung fragen, würde er vermutlich über all diese Auslassungen nachsichtig lächeln – und dann doch ein weiteres Kriterium hinzufügen. Etwas in der Art:

Die Mission eines Satirikers ist erfüllt, wenn die nächste Generation über seine Paradoxa nicht lacht, weil sie diese nicht als witzig, sondern als Folge logischen Denkens empfindet.

Demnach wäre seine Mission immer noch nicht erfüllt, denn viele seiner *Aphorismen* lassen sich in bezug auf den heutigen Zustand der Welt – und sei es auf die besagte »Sintflut der Worte« – anwenden, ohne dass man an ihrer satirischen Aussage zweifelt.

> Von den meisten Büchern bleiben bloß Zitate übrig. Warum nicht gleich nur Zitate schreiben?

Er selbst hat diesen eigenen Vorschlag jahrelang konsequent befolgt – mit seinen kurzen, prägnanten und vor allem *Unfrisierten Gedanken*.

Anhang

Zitate – Quellennachweis

Alle Primärtexte stammen aus dem Band *Sämtliche unfrisierte Gedanken. Dazu Prosa und Gedichte*, Hg. und Übers. Karl Dedecius, Sanssouci im Carl Hanser Verlag, München/Wien 2007.

Ausnahmen:

*** (»Als ich jenes Stück Grube aushob …«)
Aus dem Polnischen von Marta Kijowska. In Stanisław Jerzy Lec, *Widziałem szkic do nicości. Wiersze, fraszki, aforyzmy, prozy / Ich habe einen Entwurf zum Nichts gesehen. Gedichte, Epigramme, Aphorismen, Prosa*, Hg. Lidia Kośka, Wydawnictwo Literackie / Literarischer Verlag / Krakau 1998, S. 174.

Tarnopol 1943
Aus dem Polnischen von Elisabeth Kottmeier. In *Schnittpunkte*, Juli 1966, Nr. 3.

Lied des ehemaligen Partisanen
Aus dem Polnischen von Helene Lahr. In Stanisław Jerzy Lec, *Über Brücken schreitend. Gedichte*, Vorwort Franz Theodor Csokor, Zwei Berge Verlag, Wien 1950, S. 31.

Schönbrunn 1946
Aus dem Polnischen von Helene Lahr. In Oskar Jan Tauschinski, *Stanisław Jerzy Lec in der Erinnerung seines Übersetzers*; *Literatur und Kritik*, 1966, Nr. 8, S. 29.

Märchen
Aus dem Polnischen von Helene Lahr. Ebd., S. 30.

»Auf der Flucht ist Vorsicht das höchste Gebot …«
Ebd., S. 32.

Im Krieg
Ebd., S. 33.

»Ich reife spät …«
Aus dem Polnischen von Oskar Jan Tauschinski. Ebd. S. 41.

Sonstige Zitate:

Lemberg

S. 11 Stanisław Jerzy *Lec, Letzte Autobiographie* (in Karl Dedecius, *Letztes Geleit für S. J. L.*, Carl Hanser Verlag, München 1966, S. 27).

S. 13/14 Karl Dedecius, *Letztes Geleit*, a. a. O., S. 7 f.

S. 14 O-Ton Stanisław Jerzy Lec, Rundfunkarchiv Warschau.

S. 18 Jan Śpiewak, *Ostatnie może krople fraszek dziś / Vielleicht die letzten Tropfen Epigramme/* (in *Myślę, że jestem. Wspomnienia i szkice o Stanisławie Jerzym Lecu / Ich denke, dass ich bin. Erinnerungen und Skizzen über S. J. L./*, Hg. Wanda Leopold, Wydawnictwo Literackie / Literarischer Verlag / Krakau 1974, S. 24).

S. 19 Karl Dedecius, *Letztes Geleit*, a. a. O., S. 8.

S. 20 Jan Śpiewak, *Próba portretu / Versuch eines Porträts/* (in *Myślę*, a. a. O., S. 10).

S. 24 Jan Śpiewak, *Ostatnie może krople*, a. a. O., S. 28).

S. 26 Ingrid Schneeberger, *In München traf ein: Stanisław Jerzy Lec* (in *Abendzeitung*, 11.10.1961).

S. 26 Andrzej Kuśniewicz, *Spadochron / Der Fallschirm/* (in *Myślę*, a. a. O., S. 175).

Warschau

S. 28 O-Ton Stanisław Jerzy Lec, Rundfunkarchiv Warschau.

S. 31 Andrzej Nowicki, *Staszek i / und/ »Szpilki«* (in *Myślę*, a. a. O, S. 87).

S. 32 Marcel Reich-Ranicki, *Ein Meister mit der Narrenkappe* (in M. R.R., *Erst leben, dann spielen. Über polnische Literatur*, Wallstein Verlag, Göttingen 2002, S. 100).

S. 32 Roman W. Kołodziejczyk, *»Myśli« się myślą / Die »Gedanken« werden gedacht/* (in *Chłopska Droga*, 15.8.1965).

S. 33 Jan Wyka, *Tropiciel / Der Spurensucher/* (in *Myślę*, a. a. O., S. 47).

S. 34 Jan Śpiewak, *Próba portretu*, a. a. O. S. 19.

S. 37 Witold Gombrowicz, *Polnische Erinnerungen*, Aus dem Polnischen von Klaus Staemmler, *Gesammelte Werke*, Hg. Rolf Fieguth und Fritz Arnold, Bd. 10, Carl Hanser Verlag, München/Wien 1985, S.131 f.

S. 39 Andrzej Szczypiorski, *Notizen zum Stand der Dinge*, Aus dem Polnischen von Klaus Staemmler, Diogenes Verlag, Zürich 1990, S. 165f.

Der Krieg

S. 43/44 Adolf Rudnicki, *Pięć gwiazdek dla Stanisława Jerzego Leca / Fünf Sterne für S. J. L./* (in A. R., *Krakowskie Przedmieście pełne deserów / Krakauer Vorstadt voller Desserts/*, Państwowy Instytut Wydawniczy / Staatliche Verlagsanstalt / Warschau 1986, S. 291).

S. 46 Gotthard Böhm, »*Wien ist ein Loch in meinem Herzen.*« *Gespräch mit Stanisław Jerzy Lec* (in *Die Presse*, 16.6.1962).

S. 47 Gustaw Alef-Bolkowiak, »*Łukasz*« (in *Myślę*, a. a. O., S. 113 f.).

S. 47/48 Marcel Reich-Ranicki, *Mein Leben*, Deutsche Verlags-Anstalt, Stuttgart 1999, S. 303f.

S. 49/50 Wiktor Woroszylski, *O Lecu / Über L./* (in *Myślę*, a. a. O., S. 140).

S. 51 Ebd., S. 141.

S. 53 Jan Koprowski, *Spotkania i rozmowy z Lecem / Begegnungen und Gespräche mit L./* (in *Myślę*, a. a. O., S. 145).

Wien

S. 55 Jan Wyka, *Tropiciel*, a. a. O., S. 50.

S. 56 Leszek Kołakowski, *Był Lec / Es war einmal Lec/* (in *Rzeczpospolita/ Republik* / 23./24.9.2000).

S. 57/58 Anna Kamieńska, *Przyjaźń poetow / Dichterfreundschaft/* (in *Myślę*, a. a. O., S. 123 f.).

S. 58 Ebd., S. 124.

S. 59/60 Oskar Jan Tauschinski, *S. J. L. in der Erinnerung*, a. a. O., S. 28.

S. 60 O-Ton Stanisław Jerzy Lec, Rundfunkarchiv Warschau.

S. 62 Franz Theodor Csokor, *Vorwort* (in Stanisław Jerzy Lec, *Über Brükken schreitend*, a. a. O., S. 7).

S. 63 Anna Kamieńska, *Przyjaźń*, a. a. O., S. 126f.

S. 64 Ebd., S. 126.

S. 64 O-Ton Stanisław Jerzy Lec, Rundfunkarchiv Warschau.

S. 65 Anna Kamieńska, *Przyjaźń*, a. a. O., S. 125.

S. 65 Jan Koprowski, *Spotkania*, a. a. O., S. 146.

S. 65/66 Anna Kamieńska, *Przyjaźń*, a. a. O., S. 130 f.

S. 67/68 Ebd., S. 123.

Israel

S. 69/70 Anna Kamieńska, *Przyjaźń*, a. a. O., S. 132 f.

S. 70 Oskar Jan Tauschinski, *S. J. L. in der Erinnerung*, a. a. O., S. 30.

S. 73 Jan Wyka, *Tropiciel*, a. a. O., S. 55.

S. 74 Karl Dedecius, *Das Gift steckt in der Süße. Stanisław Jerzy Lec und das unfrisierte Denken* (in K.D., *Polnische Profile*, Suhrkamp Verlag, Frankfurt/Main 1975, S. 122).

S. 75 Jan Wyka, *Tropiciel*, a. a. O., S. 55.

S. 75 Stanisław Jerzy Lec, *Widziałem szkic do nicości*, a. a. O., S. 49.

S. 76 Salomon Łastik, *Lewita sprawiedliwy / Der gerechte Levit/* (in *Myślę*, a. a. O., S. 151).

S. 76 Jadwiga Radomińska, *To już życie … / Das ist schon das Leben/* (in *Kulisy / Kulissen/* 6.3.1966).

S. 78 O-Ton Stanisław Jerzy Lec, Rundfunkarchiv Warschau.

S. 79 Anna Kamieńska, *Przyjaźń*, a. a. O., S. 134.

S. 79 Marcel Reich-Ranicki, *Mein Leben*, a. a. O., S. 304.

Das unfrisierte Denken

S. 81 Horst Brunsch, *Stanisław Jerzy Lec* (in *Die Christengemeinschaft*, 1978, Nr. 11).

S. 83 Jan Wyka, *Tropiciel*, a. a. O., S. 51.

S. 83 O-Ton Stanisław Jerzy Lec, Rundfunkarchiv Warschau.

S. 85 Ebd.

S. 88 Jan Śpiewak, *Próba portretu*, a. a. O., S. 10.

S. 90 Leopold Lewin, *Wspomnienie o Stanisławie Jerzym Lecu / Erinnerung an S. J. L./* (in *Myślę*, a. a. O., S. 94 f.).

S. 91 O-Ton Stanisław Jerzy Lec, Rundfunkarchiv Warschau.

S. 92 Jadwiga Radomińska, *»Nieuczesana« rozmowa ze Stanisławem Jerzym Lecem* / »Unfrisiertes« Gespräch mit S. J. L./ (in *Trybuna Literacka*, 16.7.1959).

S. 92 Jan Śpiewak, *Próba portretu*, a. a. O., S. 21.

S. 93 Karl Dedecius, *Editorische Notiz* (in Stanisław Jerzy *Lec, Sämtliche unfrisierte Gedanken*, a. a. O., S. 393).

S. 93/94 Gabriel Laub, *Mütterlicherseits Schriftsteller, väterlicherseits Narr. Stanisław Jerzy Lec und die Kunst des Aphorismus*, Rundfunkmanuskript.

S. 94 Wiktor Woroszylski, *O Lecu*, a. a. O., S. 141.

Der Ruhm zieht immer weitere Kreise

S. 96/97 Karl Dedecius, *Letztes Geleit*, a. a. O., S. 5.

S. 97 Ders., *Das Gift steckt in der Süße*, a. a. O., S. 113.

S. 98 Jerzy Hordyński, *Wywiad ze Stanisławem Jerzym Lecem / Interview mit S. J. L./* (in *Życie Literackie / Literarisches Leben/*, 8.6.1958).

S. 98 Karl Dedecius, *Letztes Geleit*, a. a. O., S. 6.

S. 99 Ebd., S. 17.

S. 100 Karl Dedecius, *Ein kleines De-Lec-Tarium. Zur Rezeption der »Un-*

frisierten Gedanken« von Stanisław Jerzy Lec (delectare necesse est) (in *Die Rezeption der polnischen Literatur im deutschsprachigen Raum und die der deutschsprachigen in Polen 1945–1985*, Hg. Heinz Kneip und Hubert Orlowski, Red. Jutta Wierczimok, Darmstadt 1988, S 147).

S. 101/102 Karl-Dedecius-Archiv in Collegium Polonicum der Europa-Universität Viadrina, Frankfurt/Oder.

S. 103 Karl Dedecius, *Editorische Notiz*, a. a. O., S. 394.

S. 103 Marcel Reich-Ranicki, *Stanisław Jerzy Lec: Unfrisierte Gedanken* (in M. R. R., *Erst leben, dann spielen*, a. a. O., S. 98 f.).

S. 104/105 Karl Krolow, Rez. (in *Tagesspiegel*, 17.7.1960).

S. 105 Karl-Dedecius-Archiv, a. a. O.

S. 106 Herbert Heckmann, Rez. (in *FAZ*, 12.11.1968).

S. 107 Stanisław Barańczak, *Karl Dedecius als Übersetzer der Aphorismen von Stanisław Jerzy Lec* (in *Suche die Meinung. K. D., dem Übersetzer und Mittler zum 65. Geburtstag*, Hg. Elvira Grözinger und Andreas Lawaty, Otto Harrassowitz Verlag, Wiesbaden 1986, S. 27 f.).

S. 106 Karl-Dedecius-Archiv, a. a. O.

S. 108 Jan Koprowski, *Spotkania*, a. a. O., S. 146.

S. 110 W. Rustecki, *Lec o satyrze, sobie i synach / L. über Satire, sich und Söhne/* (in *Gazeta Pomorska* / Pommersche Zeitung / 18./19.10.1958).

S. 111 Karl-Dedecius-Archiv, a. a. O.

S. 112/113 Ebd.

S. 113 O-Ton Stanisław Jerzy Lec, Rundfunkarchiv Warschau.

S. 113 Wolfgang Kraus, *Witz als Waffe. Begegnung mit Polens populärstem Satiriker Stanisław Jerzy Lec* (in *Main-Post*, 15.9.1964).

S. 114 Anna Kamieńska, *Przyjaźń*, a. a. O., S. 133.

S. 115/116 Archiv des Carl Hanser Verlags, München.

S. 116 Karl Dedecius, *Ein kleines De-Lec-Tarium*, a. a. O., S. 159.

Der Kaffeehausliterat

S. 117 Jan Śpiewak, *Próba portretu*, a. a. O., S. 14.

S. 118/119 Wolfgang Kraus, *Witz als Waffe*, a. a. O.

S. 119 Stanisław Grochowiak, *Z czułości nieustępliwy* (in *Myślę*, a. a. O., S. 289).

S. 119 Karl Dedecius, *Letztes Geleit*, a. a. O., S. 7.

S. 120 Ebd., S. 6.

S. 120/121 Jadwiga Radomińska, *»Nieuczesana« rozmowa*, a. a. O.

S. 122 Marcel Reich-Ranicki, *Mein Leben*, a. a. O., S. 305f.

S. 122 Wolfgang Kraus, *Witz als Waffe*, a. a. O.

S. 123 Gabriel Laub, *Mütterlicherseits Schriftsteller*, a. a. O.

S. 124/125 Karl-Dedecius-Archiv, a. a. O.

S. 125 Jadwiga Radomińska, *»Nieuczesana« rozmowa*, a. a. O.

S. 126 Karl-Dedecius-Archiv, a. a. O.

S. 126/127 Thomas Bernhard, *Der Stimmenimitator*, Suhrkamp Verlag, Frankfurt/Main 1987, S. 135.

S. 127/128 Jan Śpiewak, *Próba portretu*, a. a. O., S. 10f.

S. 128 Jan Wyka, *Tropiciel*, a. a. O., S. 50.

S. 128/129 Anna Kamieńska, *Przyjaźń*, a. a. O., S. 120.

S. 129 Tadeusz Nowakowski, *Stanisław Jerzy Lec* (in *Die Zeit*, 20.5.1966).

S. 130 O-Ton Stanisław Jerzy Lec, Rundfunkarchiv Warschau.

S. 130 Jan Wyka, *Tropiciel*, a. a. O., S. 51.

S. 131 Karl Dedecius, *Letztes Geleit*, a. a. O., S. 6f.

S. 131 Marcel Reich-Ranicki, *Mein Leben*, a. a. O., S. 305.

S. 132 Karl Dedecius, *Letztes Geleit*, a. a. O., S. 12.

»Ich glaube, ich bin ein Dichter«

S. 133 Oskar Jan Tauschinski, *S. J. L. in der Erinnerung*, a. a. O., S. 35.

S. 133 Jan Koprowski, *Spotkania*, a. a. O., S. 146.

S. 134 Anna Kamieńska, *Przyjaźń*, a. a. O., S. 128.

S. 134 Ebd., S. 134.

S. 135 O-Ton Stanisław Jerzy Lec, Rundfunkarchiv Warschau.

S. 136/137 Ebd.

S. 136 Anna Kamieńska, *Przyjaźń*, a. a. O., S. 129.

S. 137 Salomon Łastik, *Lewita sprawiedliwy*, a. a. O., S. 154.

S. 138 Teilenachlass Oskar Jan Tauschinski, Wienbibliothek im Rathaus, Handschriftensammlung.

S. 139 Karl-Dedecius-Archiv, a. a. O.

S. 140 O-Ton Stanisław Jerzy Lec, Rundfunkarchiv Warschau.

S. 141 Oskar Jan Tauschinsky, *S. J. L. in der Erinnerung*, a. a. O., S. 40.

S. 142 O-Ton Stanisław Jerzy Lec, Rundfunkarchiv Warschau.

S. 143 Ebd.

Das Ende

S. 144 Anna Kamieńska, *Przyjaźń*, a. a. O., S. 136.

S. 144/145 Karl Dedecius, *Letztes Geleit*, a. a. O., S. 24.

S. 145 Wiktor Woroszylski, *O Lecu*, a. a. O., S. 142.

S. 146 Anna Kamieńska, *Przyjaźń*, a. a. O., S. 137.

S. 147 Jan Twardowski, *Rozmowa ze Stanisławem Lecem / Gespräch mit S. L. /* (in *Myślę*, a. a. O., S. 163).

S. 148 Wiktor Woroszylski, *O Lecu*, a. a. O., S. 143.

S. 148 Gustaw Alef-Bolkowiak, *»Łukasz«*, a. a. O., S. 116.

S. 148 Adolf Rudnicki, *Pięć gwiazdek*, a. a. O., S. 291.

S. 149 Karl Dedecius, *Letztes Geleit*, a. a. O., S. 12.

S. 149 Leopold Lewin, *Wspomnienie*, a. a. O., S. 95f.
S. 149/150 Andrzej Kuśniewicz, *Spadochron*, a. a. O., S. 179.
S. 151 Ebd., S. 177f.
S. 151/152 Karl Dedecius, *Letztes Geleit*, a. a. O., S. 13.
S. 152 Andrzej Kuśniewicz, *Spadochron*, a. a. O., S. 179.
S. 153 Karl Dedecius, *Letztes Geleit*, a. a. O., S. 13.
S. 153 Marcel Reich-Ranicki, *Mein Leben*, a. a. O., S. 307.
S. 153/154 Adam Tarn, Grabrede bei der Beerdigung von S. J. L. am 11.5.1966, abgedruckt in *Dialog*, Nr. 5, 1966.
S. 154 Karl Dedecius, *Letztes Geleit*, a. a. O., S. 28.
S. 155/156 Ebd., S. 29.
S. 156 Wiktor Woroszylski, *O Lecu*, a. a. O., S. 142.
S. 157 Lidia Kośka, *Daj człowiekowi wolność wyboru – bądź dwuznaczny / Gib dem Menschen freie Wahl – sei zweideutig/* (in *Gazeta Krakowska / Krakauer Zeitung/*, 8.3.1994).
S. 158 Leszek Bugajski, *Przeżył tragedię, napisał komedię / Er erlebte eine Tragödie und schrieb eine Komödie/* (in *Twórczość / Das Schaffen* / 2007, Nr. 3).
S. 158 Adam Poprawa, *Kropka między i a pytajnikiem / Der Punkt zwischen dem »und« und dem Fragezeichen/* (in *Odra / Die Oder* / 2007, Nr. 5).

Personenregister

Danksagung

Zugegeben, die Idee zu diesem Buch stammt von mir. Allerdings hätte es ohne die wertvollen Informationen und Hinweise von Karl Dedecius, Tomasz Lec, Martin Pollack, Tadeusz Januszewski und Jacek S. Buras, die Hilfsbereitschaft der Mitarbeiter des Archivs des Literarischen Verlags in Krakau, des Karl-Dedecius-Archivs der Europa-Universität Viadrina in Frankfurt/Oder, der Bibliothek des Literaturhauses Warschau, des Literaturmuseums Warschau, des Rundfunkarchivs Warschau, der Wienbibliothek, der Österreichischen Gesellschaft für Literatur und des Deutsches Polen-Instituts in Darmstadt sowie die Großzügigkeit der Stiftung für deutsch-polnische Zusammenarbeit und des Polnischen Buchinstituts niemals entstehen können. Ihnen allen gilt mein herzlicher Dank.

Inhalt